The Mark of the Werewolf – Das Zeichen der Werwölfin

von Angela Waidmann

Langenscheidt

Berlin · Madrid · München · Warschau · Wien · Zürich

Lektorat: Gabriele Dietz
Englischsprachiges Lektorat: Charlotte Collins
Layout: Kathrin Mosandl
Illustrationen: Claudia Flor
Umschlaggestaltung: init.büro für gestaltung, Bielefeld
unter Verwendung einer Illustration von Claudia Flor

Für Jenny Gechter-Jones

www.langenscheidt.de

Satz: kaltner verlagsmedien GmbH, Bobingen
Druck und Bindung: Stürtz GmbH, Würzburg

ISBN 978-3-468-20639-9

11010

The Wolves

This is not my daughter. There's no wolf in this girl.

Wie durch dichten Nebel dringen die Worte in meine Gedanken.

Ich fühle mich, als wäre ich in einem tiefen Traum gefangen.

Aber wenn das wirklich so ist, dann muss es ein schrecklicher, furchterregender Albtraum sein!

Ich will die Augen öffnen und mich umsehen, doch ein Strudel aus Müdigkeit, Angst und Verwirrung hält mich fest und droht mich zurück in die Tiefe der Bewusstlosigkeit zu reißen.

But she has the mark.

Haben meine Ohren diesen Satz überhaupt gehört? Oder bilde ich mir alles nur ein?

wolves Wölfe

Ganz bestimmt ist es so. Es muss einfach so sein.

Da schrecke ich zusammen.

Etwas Kaltes hat meinen Arm berührt!

Entsetzt reiße ich die Augen auf – und sehe direkt über mir die hellen, leuchtenden Augen eines *Wolfes.*

Ja, tatsächlich. Ich liege am Boden, und über mir kauert wirklich ein Wolf.

Seine hellen Augen glitzern drohend. Seine Fänge sind ganz nahe über meinem Gesicht.

Keuchend vor Angst, starre ich auf seine spitzen Fangzähne vor seinen dunklen, bebenden Lefzen, nur Zentimeter von meiner Wange entfernt. Mein Rücken wird in das feuchte Gras gepresst, denn die starken Vorderpfoten des Tieres drücken auf meine Oberarme, und seine Hinterpfoten lasten schwer auf meinen Oberschenkeln.

Wieder möchte ich schreien, doch aus meiner Kehle kommt nur ein heiseres Krächzen.

Are you ***sure*** *she's not your daughter?*

Wieder dringt ein Gedanke in mein Gehirn, so klar und deutlich, als hätte jemand tatsächlich mit mir gesprochen. Doch diesmal bin ich mir ganz sicher, dass ich wirklich nichts gehört habe.

Come here and ***look*** *into her eyes. You can smell it, too.*

Aus den Augenwinkeln nehme ich eine Bewegung war, dann schiebt sich der Schatten eines zweiten Wolfes in mein Gesichtsfeld.

sure sicher
look schau
are right hast recht
doesn't have hat nicht
in fact genau genommen
wolfish Wölfisches
there's nothing ... about her sie hat nichts ...
at all überhaupt

Oh Gott, bitte lass diesen Albtraum endlich aufhören!

Das zweite Tier ist dunkler als das, das mich am Boden festhält. Und es hat eine graue Schnauze.

*You****'re right****, my friend. She* ***doesn't have*** *the eyes of a wolf.* ***In fact, there's nothing wolfish about her at all.***

Du lieber Himmel, was will er denn bloß von mir?

Keuchend, mit aufgerissenen Augen liege ich da und starre auf *das Tier*.

Und langsam wird mir klar: Meine angstvolle Ahnung, das unerklärliche Grauen der letzen Tage – nichts davon war Fantasie. Alles hatte einen unglaublichen, furchtbaren, sehr wirklichen Grund …

Meine Eltern und ich sind erst vor wenigen Tagen nach Maine, einen Staat im äußersten Nordosten der USA, umgezogen.
Vorher haben wir in Norddeutschland gelebt, genauer gesagt in einem Dorf bei Kiel. Doch nun soll die kleine Stadt Woodhouse Village für zwei Jahre unsere neue Heimat sein.
Liegt dieser Umzug wirklich schon fünf Tage zurück?
In meinem Schockzustand kommt es mir fast so vor, als wären wir gerade erst aus dem Flugzeug gestiegen, in den Landrover geklettert und danach stundenlang über Highways und kleinere Straßen durch beinahe endlose Wälder nach Woodhouse Village gefahren.
“Oh, Leonie, ist es hier nicht wunderschön?”, seufzte meine Mutter, als wir endlich vor dem schmucken Holzhaus standen, in dem wir nun leben sollten. Sie breitete die Arme aus, schaute zum Himmel und drehte sich glücklich um sich selbst.
Kein Wunder, dass sie so gute Laune hatte. Sie und mein Vater haben hier einiges vor. Die beiden sind von Beruf Tierfilmer und wollen zwei Jahre lang in den Wäldern von Maine ganz viele Aufnahmen von wilden Tieren machen.
“Ja, du hast recht”, antwortete ich abwesend.

Ich bin zweisprachig aufgewachsen, weil mein Vater in Schottland geboren wurde. Vor sechzehn Jahren hat er meine Mutter bei Dreharbeiten über die Tierwelt der Hebriden-Inseln kennengelernt. Die zwei Jahre in den USA dürften von der Sprache her für mich eigentlich kein Problem sein. Ja, ich habe mich eigentlich sogar auf die Zeit hier gefreut.
Warum habe ich mich dann so eigenartig bedrückt, ja irgendwie sogar ängstlich gefühlt, seit wir am Flughafen in den Landrover gestiegen sind? Ehrlich, am liebsten hätte ich mich auf dem Absatz umgedreht, wäre zum Auto gelaufen und wieder zurück zum Flughafen gefahren.
Dabei hat vom Flugzeug aus alles so wunderschön ausgesehen!
Schon vor Monaten, als feststand, dass wir nach Maine umziehen würden, bin ich neugierig im Internet gesurft und habe gelesen, dass Maine zu den am wenigsten besiedelten Staaten der USA gehört. Über achtzig Prozent seiner Fläche bestehen aus Wald, mehr als 2200 Seen gibt es hier und außerdem jede Menge Flüsse und Berge. Seiner unberührten, wilden Natur verdankt das Land auch seinen Spitznamen: "the Pine Tree State" – "der Staat der Kiefern".
Und das alles habe ich schon vom Flugzeug aus deutlich sehen können: riesige Waldflächen, nur gelegentlich unterbrochen von Straßen, die sich wie dünne, graue Pinselstriche durch das beinahe endlose Grün ziehen, oder von Siedlungen, die wie Inseln in einem

Meer aus lauter Bäumen und glitzernden Wasserflächen liegen. Ich konnte es kaum erwarten, im Auto zu sitzen und durch diese herrliche Wildnis zu fahren, die schon aus der Luft so unglaublich schön und unberührt aussah.
Wer weiß, hab ich mir gedacht. Vielleicht sehe ich auf der Fahrt ja einen Elch, schließlich leben die hier noch zu Zehntausenden. Ein Weißkopf-Seeadler, das Wappentier der USA, wäre auch toll, oder ein Weißwedelhirsch, ein Biber oder ein Seeotter.
Aber dann …
Ich weiß nicht, wann genau es begann. Irgendwann auf der langen Fahrt fing das diffuse, mulmige Gefühl an, immer tiefer in meinen Körper und in meine Seele zu kriechen. Und je näher wir Woodhouse Village kamen, umso mehr wuchs es sich zu einer unerklärlichen Angst aus. Als wir aus dem Auto stiegen, steckte es schon tief in mir und wollte mich einfach nicht mehr loslassen.
Um ehrlich zu sein: Ich hatte nicht wirklich damit gerechnet, dass Woodhouse Village derartig einsam und verlassen inmitten der Wildnis liegen würde. Das Leben in dieser sogenannten Stadt ist bestimmt anders als in dem Dorf, in dem ich aufgewachsen bin. Das wurde mir schon klar, als wir zum ersten Mal durch die Straßen des Ortes fuhren.
Von unserem Haus in Deutschland aus habe ich eine halbe Stunde mit dem Linienbus gebraucht, und schon war ich im Stadtzentrum von Kiel, inmitten von Geschäften, Eiscafés, Kinos und geschäftigem Treiben.

Hier dagegen ...

Nun stand ich also vor unserem neuen Heim.

Es sieht nicht unbedingt nagelneu aus, aber wenigstens wirkt es gemütlich, ja es versprüht sogar eine Art altertümlichen Charme. Aber ringsherum steht dichter Wald, und unsere nächsten Nachbarn wohnen mindestens fünfhundert Meter entfernt.

Na gut, es ist das erste Mal, dass ich mit meinen Eltern in ein fremdes Land umziehe, sagte ich mir. Gestern noch war das alles für mich nur ein riesengroßes Abenteuer, ich war neugierig und freute mich total darauf. Aber leider hatte ich vergessen, dass man für Abenteuer auch jede Menge Mut braucht.

Ich seufzte.

Okay, Leonie, du hast heute eine halbe Ewigkeit im Flugzeug und im Auto gesessen, du hast einen Jetlag und bist hundemüde. Nun warte doch einfach mal ab. Wetten, morgen sieht die Welt schon wieder ganz anders aus?

Aber so war es leider nicht.

Nicht, als ich am nächsten Morgen ziemlich spät aus den Federn kroch und aus dem Fenster auf die nebelumwobenen Baumriesen schaute, die hinter unserem Haus stehen. Und auch nicht, als ich nach einem ausgiebigen Frühstück mit meinen Eltern meinen ersten Spaziergang in einem echten nordamerikanischen Urwald machte. Es war Anfang September; die warmen Strahlen der Spätsommersonne drangen nur hier

und da durch die sich langsam bunt färbenden Blätter der Laubbäume und vertrieben den Nebel.
Neugierig wanderten meine Blicke über umgestürzte, von Moos überwucherte und von Pilzen bewachsene Stämme. Immer wieder blieben sie an dem kleinen Bach hängen, dessen klares Wasser uns leise gluckernd neben unserem Weg begleitete. Manchmal flog kreischend ein Vogel auf, leise huschte ein dunkelbraunes Eichhörnchen einen mächtigen Stamm hinauf ... und dann sahen wir tatsächlich von Weitem einen Elchbullen auf einer Lichtung!
Was für ein gewaltiges Tier, dachte ich und blieb stehen. Was für ein riesiges Geweih es hat, und wie würdevoll es sich bewegt! Meine Eltern haben schon recht: Dieses Land ist wirklich romantisch und wunderschön. Ich wagte kaum, mich zu bewegen, und betrachtete das eindrucksvolle Tier ehrfürchtig, bis es mit langsamen Schritten im Wald verschwand.
Dann gingen wir weiter.
Trotzdem blieb die Angst in mir. Sie war wie eine böse Schlange, die sich listig um mein Herz gelegt hatte, sich immer wieder behutsam, aber entschlossen zusammenzog und mir beinahe die Luft abdrückte.
Ich verstehe das nicht, überlegte ich beunruhigt. Der Abschied von meinen Freundinnen in Deutschland war mir wirklich schwergefallen, wir hatten wahre Sturzbäche geheult. Aber ich konnte doch allen Briefe oder E-Mails schicken, vielleicht würden sie mich sogar hier in Maine besuchen. Und in zwei Jahren würden wir uns

wiedersehen. Außerdem *wollte* ich hier leben, ganz bestimmt sogar!

Ich bemerkte, dass ich ein Stück hinter meinen Eltern zurückgeblieben war. Ärgerlich schüttelte ich den Kopf und ging schneller, bis ich zu ihnen aufgeschlossen hatte.

"Heute Morgen beim Einkaufen habe ich zufällig mitbekommen, dass ein paar Leute in den letzten Tagen Wölfe in dieser Gegend beobachtet haben", erzählte meine Mutter gerade.

"Haben die wirklich von Wölfen gesprochen?", fragte mein Vater eher ungläubig als erfreut. "Soviel ich weiß, wurden die in Maine schon vor über hundert Jahren ausgerottet. Vielleicht hat jemand ungewöhnlich große Coyoten gesehen. Die gibt es hier nämlich noch öfter, und sie sehen Wölfen auch relativ ähnlich. Aber sie sind eben kleiner."

Doch meine Mutter schüttelte den Kopf. "Ich glaube nicht. Einer von den Leuten, denen ich zugehört habe, war der lokale Vertreter des Department of Wildlife, der zuständigen Umweltbehörde. Er hat nicht nur die Spuren überprüft, sondern die Tiere auch selbst gesehen. Es war übrigens ein ganzes Rudel."

Mein Vater pfiff durch die Zähne. "Na, das wäre ja mal was ganz Besonderes. Vielleicht sind tatsächlich ein paar Tiere von Kanada aus herübergekommen. Die Grenze ist gar nicht so weit von hier entfernt. Aber das wäre wirklich ein Riesenglück."

Wölfe ... Die Schlange in meinem Inneren regte sich wieder.

Ich musste schlucken.
Leonie, du weißt genau, dass Wölfe scheue Tiere sind und sich vor uns Menschen fürchten, ermahnte ich mich. Tatsächlich weiß man von keinem einzigen beweisbaren Fall, in dem Wölfe Menschen angegriffen haben. Na gut, sie reißen durchaus einmal eine Ziege oder ein Schaf. Aber nur in extrem langen und kalten Hungerwintern haben sie früher ganz selten einmal versucht, ein Kutschpferd zu töten.
Trotzdem: Die Schlange drückte wieder zu, stärker als zuvor.
"Schön, dass wenigstens du dich freust", seufzte meine Mutter. "Im Supermarkt waren ein paar Männer, so richtig wilde Typen, die sofort anfingen, den anderen verrückte Wolfsgeschichten aufzutischen. Sie behaupteten, die hätten ihnen ihre Großeltern erzählt." Ärgerlich schüttelte sie den Kopf. "Ob du's glaubst oder nicht: Die redeten so, als wären die Bewohner von Woodhouse Village in Lebensgefahr, nur weil einige Wölfe durch die Wälder streifen. Und ich fürchte, ein paar von den Zuhörern haben ihnen wirklich geglaubt."
Papa runzelte die Stirn. "Ich hoffe sehr, dass die sich mit ihrer Meinung nicht durchsetzen. Solche irrationalen Ängste haben dazu geführt, dass die Wölfe auch in Deutschland lange ausgerottet waren. Es sind in den letzten Jahren zwar wieder ein paar Rudel aus Polen zu uns gekommen, aber viele Leute haben Angst und fordern lautstark, dass die Tiere abgeschossen werden. Ein paar sind schon heimlich getötet worden."

“Ich habe gelesen, dass hier in Maine vor wenigen Jahren zwei einzelne Wölfe aufgetaucht sind”, erwiderte Mama. “Die wurden gleich von ein paar Idioten abgeknallt, obwohl sie unter Naturschutz stehen.”
Die beiden haben völlig recht, sagte ich mir. Leonie, du benimmst dich neuerdings wie ein richtiger Feigling. Willst du dich etwa diesen Dummköpfen im Supermarkt anschließen?
Natürlich wollte ich das nicht! Also versuchte ich, meine Angst endgültig wegzuschieben und mich stattdessen über die wunderbare Natur zu freuen.
Aber es half nichts. Die Angst meldete sich zurück, immer und immer wieder, ganz ohne erkennbaren Grund: Als ich am Sonntagnachmittag meine Koffer auspackte und meine Klamotten in die Schränke räumte, die schon im Haus stehen; als ich wegen des Jetlags ultrafrüh am nächsten Morgen aufwachte und sogar, als ich ein paar Stunden später das erste Mal zu meiner neuen Schule, der Junior High School von Woodhouse Village, ging.
Na gut, spätestens da hatte ich wirklich einen Grund, nervös zu sein. Schließlich kannte ich dort noch keine Menschenseele. Außerdem wusste ich von meinem Englischlehrer, dass die Schule in den USA ziemlich anders ist als in Deutschland. Hier hat man bis drei oder vier Uhr nachmittags Unterricht, und obendrauf gibt es auch noch Hausaufgaben.
“Aber deutlich weniger als in Deutschland”, hatte mich mein Lehrer getröstet. “Außerdem fallen in den USA

viele Aktivitäten, die bei uns als Hobbies gelten, wie Sport, soziale Projekte oder Naturschutzgruppen, in die Zuständigkeit der Schulen. Zu einer Basketballmannschaft oder einer Leichtathletikgruppe meldet man sich also nicht freiwillig, sondern wird vom Sportlehrer ausgesucht. Ein richtig guter Sportler zu sein ist in den USA eine Ehre! Kurzum: Schule ist in Nordamerika ziemlich viel Arbeit, aber es ist auf jeden Fall zu schaffen."

Okay, hatte ich mir damals gesagt. Vielleicht werde ich in den USA von einem Sportlehrer entdeckt, zum Beispiel für Basketball oder für Leichtathletik. In Deutschland habe ich Handball gespielt, und ich war sogar ziemlich gut. Aber diesen Sport kennt in den USA leider kaum jemand.

Und nun stand ich in dem fremden Klassenzimmer, vor über zwanzig zwölf- und dreizehnjährigen, mir völlig unbekannten Schülern.

Sie musterten mich ebenso interessiert wie reserviert, während mich die Klassenlehrerin, eine noch recht junge, sympathisch wirkende Frau, vorstellte.

Ich spürte die kritischen Blicke der anderen fast wie Nadelstiche.

Au weia!, dachte ich. Am liebsten hätte ich mich im nächsten Mauseloch verkrochen.

Doch da fiel mir in der dritten Reihe rechts außen ein dunkelblondes Mädchen auf. Es war zierlich und recht hübsch, vor allem hatte es schöne, große graue Augen. Gerade flüsterte es leise mit seiner Nachbarin, einer auch nicht gerade hässlichen Dunkelhaarigen.

Bravo, jetzt ziehen die schon über mich her, fuhr es mir durch den Kopf. Ich fühlte mich einfach furchtbar.
Aber da meldete sich das blonde Mädchen.
“Yes, Danielle?”, fragte die Lehrerin.
“Maybe Leonie **could** sit next to me”, schlug sie zu meiner völligen Überraschung vor.

could könnte
so also
did you want wolltet ihr
said sagte
that dieses
like als ob
quite ziemlich
sporty sportlich

Na so was! Mein Herz machte vor Freude einen Hüpfer.
Kurz darauf saß ich neben Danielle, die mir ermutigend zulächelte.
Ich wusste immer noch nicht so recht, wie mir geschah, und vermutlich konnte sie mir das deutlich ansehen. Aber so, wie sie mich anlachte, fühlte ich mich gleich schon ein bisschen wohler. Und als mich auch das dunkelhaarige Mädchen anstrahlte, sich hinter Danielles Rücken beugte und leise zu mir sagte: “Hi! I’m Cindy Laurer”, atmete ich leise auf und dachte: Na, für den Anfang läuft es hier ja wohl gar nicht so schlecht. Also ehrlich: Ich hätte nicht mal gewagt, von so etwas auch nur zu träumen.

In der Pause gingen Danielle, Cindy und ich zu einer Bank, setzten uns in die Sonne und versuchten, uns ein wenig kennenzulernen.
“So ... why **did you want** me to sit next to you?”, fragte ich ein bisschen verlegen.
Danielle grinste. “Cindy **said** to me: ‘Hey, **that** girl Leonie looks **like** she’s **quite sporty.’”**

Ihre dunkelhaarige Freundin nickte. "We **often meet up** to go jogging. We **thought** you **would** like to come with us."

"Thanks", strahlte ich. "You're right: I do love sport. In Germany, I played in my school handball team. But handball isn't very **popular** here, **is it?"**

"Handball? I'm sorry, I **don't know anything** about it", gestand Cindy.

"You're right, Leonie", sagte Danielle. "In Maine, people prefer to play basketball. That's a great game, too. **Some** of the boys in the school basketball team play **during recess,** and in the morning before school. They **even** meet up to play in the afternoon. Look, there's one of them."

Sie wies mit dem Kinn auf einen recht großen, kräftigen Jungen mit schulterlangen, lockigen, kastanienroten Haaren und lustigen Sommersprossen um die Nase. "That's Greg Cutter. He's good at basketball, he **really** is."

Ich musterte Greg schweigend. Um ehrlich zu sein: Er war mir schon aufgefallen, als ich allein und verlegen vor meinen neuen Mitschülern stand. Einerseits fand ich, dass er ziemlich gut und wirklich sportlich aussah. Und andererseits hat er ein sehr sympathisches Lächeln.

often oft
meet up treffen uns
thought haben gedacht
would würdest
popular populär
is it? stimmt's?
don't know weiß nicht
not anything nichts
some einige
during während
recess (AE) Pause
even sogar
really wirklich

"The three of us could meet up to go jogging **sometime** this week, if you like", schlug Cindy vor. "If you're a handball player, I **guess** you're **pretty** fit, **aren't you?**" Jetzt musste ich aber doch ein bisschen lachen.
"Sure", stimmte ich ihr zu. "And yes, I'd like to meet up and go jogging, I really would. Thanks for inviting me."
"Okay", erklärte Danielle. "Today and tomorrow we**'ll get home** late from school. **How about** Wednesday? I'll have time **then.**"
"Oh yes, I'll have time then too", bestätigte ich erfreut.
Na, die beiden machen ja wirklich Nägel mit Köpfen, überlegte ich. Vielleicht wollen sie bei mir ja gar nicht erst den Eindruck aufkommen lassen, dass ich hier einsam sein könnte. Ich schien ihnen wirklich sympathisch zu sein.
"How about you, Cindy?", wollte Danielle wissen.
Die runzelte bedauernd die Stirn. "Sorry, I can't on Wednesday. I **promised** my aunt **weeks ago** that I'd help at my little cousin's birthday party."
"I see", sagte Danielle, und an mich gewandt: "But the two of us can meet, okay? **Would you like** to come home with me after school? We could do our homework **together,** and then go."

sometime irgendwann
guess vermute
pretty ziemlich
aren't you? stimmt's?
will get home werden nach Hause kommen
how about was ist mit
then dann
promised habe versprochen
weeks ago vor Wochen
would you like möchtest du
together zusammen

Mein erster Tag in der neuen Schule hätte gar nicht besser laufen können, dachte ich glücklich, als ich im Bus nach Hause saß.

Leise vor mich hin summend, ließ ich meinen Blick über die schmucken Vorstadthäuser schweifen, an denen ich vorbeigeschaukelt wurde. Je länger ich hinausschaute, umso vereinzelter standen die Gebäude. Bald schoben sich die ersten Wiesen und kleinen Waldstücke dazwischen, und die Natur wurde immer wilder, immer einsamer.

Warum sind meine Eltern nur in ein Haus gezogen, das so weit vom Stadtzentrum entfernt liegt?, überlegte ich – und registrierte zu meinem Schrecken, dass sich die Schlange, die sich den ganzen Vormittag lang still verhalten hatte, wieder bewegte und fast schon hinterlistig behutsam erneut mein Herz zusammendrückte.

Und damit hörte sie nicht mehr auf.

Nicht, als ich über meinen Hausaufgaben brütete und beinahe verzweifelt versuchte, mich zu konzentrieren. Und auch nicht, als ich danach mit einem Buch in der Hand im Schaukelstuhl am Fenster meines Zimmers saß und beobachtete, wie die Sonne langsam über den Baumwipfeln tiefer und tiefer sank. Wieder bildete sich feiner Nebel und kroch zwischen den hohen Bäumen hervor bis in unseren Garten.

Irgendetwas stimmte hier nicht!

So oft ich auch versuchte, diesen Gedanken wieder wegzuschieben, er schlich sich immer wieder von Neuem in meinen Kopf.

Die Angst blieb in mir bis zum nächsten Tag. In jeder Minute, ja in jeder Sekunde war sie da, manchmal nur schwach, dann wieder stärker.
Am Dienstagabend, als es schon dunkel war, hielt die unsichtbare Schlange mein Herz besonders unbarmherzig umschlungen. Der Jetlag wirkte sich immer noch aus, ich war heute Morgen wieder sehr früh wach gewesen und jetzt todmüde. Trotzdem fühlte ich mich beobachtet. Immer wieder schaute ich nervös aus dem Fenster. Aber ich konnte nichts Außergewöhnliches entdecken.
Auch am Mittwoch ging es mir nicht besser. Dabei hatte ich in der vorangegangenen Nacht zum ersten Mal wieder tief und fest geschlafen und war erst aufgewacht, als der Wecker klingelte.
Danielle und ich verbrachten einen total schönen Nachmittag zusammen. Wir erledigten unsere Hausaufgaben, dann sind wir über eine Stunde lang gejoggt. Der Weg führte hinter Danielles Wohnviertel zum Waldrand und einmal rund um die Stadt. Die Spätsommersonne schien warm, überall blühten Blumen, und die bunten Herbstblätter an den Bäumen leuchteten im sanften Licht des Nachmittags.
Ich muss sagen: Danielle war geradezu erstaunlich fit! Unermüdlich lief sie vor mir her und hüpfte mühelos über Baumwurzeln und große Steine.
Ich bin alles andere als untrainiert, aber am Ende kam ich mächtig ins Keuchen. Doch ihr Atem ging kaum schneller.

"You're **made** for **running**!", schnaufte ich, als wir langsam nebeneinander zu ihrem Haus zurückgingen. "**I've never met anyone** with your **stamina before.**"
Doch Danielle zuckte nur mit den Schultern. "Cindy says that too. I guess it's **just** because I'm training for the marathon."
Marathon – wow! Bewundernd schaute ich Danielle an. Ihr schlanker Körper und ihre langen, muskulösen Beine waren geradezu ideal zum Marathonlaufen. Sie sah fast aus wie eine Gepardin! Wenn man in ihrem Alter auf solch langen Strecken starten wollte, brauchte man eine Extragenehmigung, und die war gar nicht so leicht zu bekommen. Danielle musste wirklich sehr, sehr gut sein!
Den Rest des Nachmittages verbrachten wir Tee trinkend und redend in ihrem gemütlichen Zimmer im Obergeschoss ihres Elternhauses. Danielle wollte alles Mögliche über Deutschland wissen, ihre Urgroßeltern sind nämlich von dort in die USA eingewandert. Und über Handball hat sie mich ausgefragt. Ich versprach ihr, zu unserem nächsten Treffen ein Lehrvideo mitzubringen. Das hatte ich zwar eher aus nostalgischen Gründen in meinen Umzugskoffer gesteckt, aber jetzt freute ich mich umso mehr, dass sich jemand dafür interessierte.
Außerdem habe ich Danielles Mutter kennengelernt, eine liebe, fröhliche und sympathische Frau. Der Nach-

made gemacht
running Laufen
never nie
have met bin begegnet
anyone jemandem
stamina Ausdauer
before zuvor
just nur

mittag hat mir richtig Spaß gemacht, dachte ich, als ich mich auf den Weg zur Bushaltestelle machte.
Es wurde schon langsam dunkel. Und prompt meldete sich wieder die unerklärliche Angst, schon als ich mit Danielle die Holztreppe vom ersten Stock hinunter zur Haustür ging. Bei jeder knarrenden Stufe wurde das Gefühl stärker und unerbittlicher. Als meine neue Freundin mir zum Abschied die Hand auf die Schulter legte und mich fragte, wann sie den Handballfilm zu sehen bekäme, hatte mich die unerträgliche Furcht schon wieder so fest in ihren Klauen, dass ich bei ihrer Berührung erschrocken zusammenzuckte. Es kostete mich jede Menge Überwindung, Danielle anzulächeln und sie zu fragen, ob sie vielleicht am Wochenende Zeit hätte.
Ich stieg die Verandatreppe hinunter und spazierte durch den Garten, winkte Danielle noch einmal zu, dann schloß sie die Tür.
Ich war allein.
He, Leonie, die Straßenlaternen scheinen hell, und dein Weg nach Hause ist gar nicht so weit, tröstete ich mich. Zuerst gehst du ein Stück zur Bushaltestelle am Kirchplatz, dann fährst du ein paar Kilometer mit dem Bus, und dann sind es nur noch wenige hundert Meter bis zu deinem neuen Haus. Das ist nun wirklich kein Problem. Vermutlich kommst du sogar noch bei Tageslicht dort an. Die Taschenlampe, die du dir für den Notfall eingesteckt hast, wirst du wahrscheinlich gar nicht brauchen.

Dennoch warf ich immer wieder ängstliche Blicke über meine Schulter.
In der Ferne senkte sich die Sonne dunkelrot über die Berge. Feiner Nebel lag wieder über den Gärten und Wegen, geräuschlos glitt er zwischen den Häusern hindurch, wand sich in einem stummen Tanz um parkende Autos und Straßenlaternen und kreiste mich ein.
Aus erleuchteten Zimmern schienen milchige, verschwommene Lichter. Die Menschen, die in wenigen Metern Entfernung an mir vorbeigingen, waren nur undeutliche Silhouetten im dunstigen Grau.
Ich will nach Hause!
Cool bleiben, Leonie! Es gibt keinen Grund zur Panik.
Trotzdem wurden meine Schritte immer schneller.
Da war jemand!
Mit gesenktem Kopf ging er hinter mir her.
Ich lief noch schneller.
Er kam immer näher, war nur noch zwei, drei Meter von mir entfernt ... Dann war er direkt hinter mir!
Mein Herz schlug wie wild, ich wagte kaum noch zu atmen und musste all meine Kraft aufbringen, um nicht in heilloser Panik loszurennen.
Zügig ging der Unbekannte an mir vorbei. Er schien ein noch recht junger Mann mit dunklen Haaren zu sein. Eilig bog er nach rechts in eine schmale Gasse ab und war schon wieder im Nebel verschwunden.
Ich blieb stehen, atmete erleichtert tief durch – und stellte zu meinem Ärger fest, dass mir der Schweiß auf der Stirn stand.

Also wirklich! Ich musste aufhören, mich wie eine Idiotin zu benehmen! Warum sollte mich jemand verfolgen? Es hatte niemand einen Grund, mir irgendetwas Böses anzutun.

Kopfschüttelnd ging ich weiter.

Die Sonne hatte jetzt die Gipfel der Berge erreicht, die Wolken am Horizont schimmerten orange- und rosafarben. Über mir wurde der Himmel schon dunkel, und die ersten Sterne begannen zu glitzern.

Wenige Meter vor mir lag der Kirchplatz mit der Bushaltestelle. Soweit ich es erkennen konnte, war er menschenleer.

Das hätte mich eigentlich beruhigen sollen. Wo niemand ist, kann einem auch keiner etwas tun.

Ich warf einen schnellen Blick auf meine Uhr. Laut Fahrplan dauerte es nur noch vier Minuten, dann müsste mein Bus schon kommen.

Alles klar, alles in Ordnung, sprach ich mir Mut zu, ich muss nur noch zwischen den beiden Häusern dort vorne durchgehen, dann hab ich den Kirchplatz erreicht. Ich werde absolut pünktlich sein.

Plötzlich packten mich kräftige Hände von hinten und hielten mir den Mund zu. Ich wollte schreien, wollte mich wehren, doch ein weiches, scharf riechendes Tuch drückte sich auf mein Gesicht.

Es schien mir, als kämen die Nebel von der Straße immer näher, als würden sie immer dichter …

Es wurde dunkel.

Kidnapped

Der alte Wolf sieht mich noch einmal prüfend an. Dann legt er seinen Kopf schief, fast so, als würde er nachdenken.

*You'll **have to let** her **go**. Do it **now**, please.*

Ich kann es kaum fassen, aber der helle Wolf lässt tatsächlich mit einer schnellen, eleganten Bewegung von mir ab.

Bin ich wirklich frei?

Langsam und sehr, sehr vorsichtig richte ich mich auf, in der festen Absicht, bei der allerersten Gelegenheit aufzuspringen und wegzurennen, so schnell mich meine Beine nur tragen können.

Ich reibe meine schmerzenden Oberarme und sehe mich misstrauisch um.

Ich bin umzingelt von Wölfen!

Wie dunkle Schatten, nur schwach angeleuchtet durch das Licht meiner Taschenlampe, die neben mir am Boden liegt, hocken sie in einem Kreis um mich herum.

Ich habe nicht die geringste Chance, zu entkommen.

*We **beg your pardon**.*

Wieder habe ich nichts gehört, und dennoch bin ich mir ganz sicher, dass die Nachricht von dem alten, dunklen Wolf kommt.

Langsam wende ich ihm mein Gesicht zu und sehe ihn an.

kidnapped entführt
will have to wirst müssen
let go gehen lassen
now jetzt
beg your pardon bitten um Entschuldigung

You ***must be scared to death,*** *poor girl. I can smell your* ***fear****.*
Er kann meine Angst riechen? Sind Wölfe wirklich zu so etwas fähig?
Da schrecke ich schon wieder zusammen.
Der Wolf muss mich verstanden haben; klar und deutlich dringt seine Antwort in meine Gedanken.
Of course we can.
Dabei tritt er vorsichtig einen Schritt näher.
Hilflos krieche ich ein Stückchen zurück, obwohl ich weiß, dass hinter mir ebenfalls Wölfe sind.
Der alte Wolf bleibt stehen, mit einer fast schon verlegenen Geste hebt er sein linkes Vorderbein.
Please ***forgive*** *me. I didn't want to* ***frighten*** *you* ***even*** *more.*

must musst
be scared to death Todesangst haben
fear Angst
forgive vergib
frighten erschrecken
even noch
not even nicht mal
dear liebe

Langsam und zögernd beginnt eine Erkenntnis sich in meinen Verstand zu schleichen: Diese Wölfe sind nicht bösartig! Wenn sie es gewollt hätten, wären sie mir doch längst an die Kehle gegangen und hätten mich in Stücke gerissen.
*Of course we aren't. We do****n't even*** *want you to be afraid of us. My* **dear** *Leonie, we're sorry that we kidnapped and frightened you, we really are.*
Ich atme tief durch.
Und dann, ganz plötzlich und zum ersten Mal an diesem merkwürdigen Tag, ja zum ersten Mal überhaupt, seit ich

in Woodhouse Village angekommen bin, spüre ich, dass die Schlange der Furcht endlich mein Herz loslässt.
Ich muss geahnt haben, dass sie mich beobachteten, denke ich.
Mir fällt auf, dass ich am ganzen Körper zittere.
Liegt das nur an meiner Angst? Nein, mir ist auch schrecklich kalt.
Ich reibe meine frierenden Hände aneinander. Okay, was auch immer ich hier gerade erlebe, kann kein Albtraum sein. Wenn ich in meinem Bett läge, hätte ich nämlich eine warme Decke und würde nicht so fürchterlich frieren.

read your mind deine Gedanken lesen
just as genauso
kind Art
thoughts Gedanken
only nur
are able to können

Nun erst habe ich den Mut, dem alten Wolf direkt in die Augen zu sehen.
I can't hide anything from you, can I?, denke ich – mit der klaren Absicht, ihm etwas mitzuteilen.
Of course you can't. We can ***read your mind just as*** *easily as we read the minds of all of your* ***kind****.*
And I can understand your **thoughts.**
Only *if we want you to.*
Are all wolves **able to** do that?
Oh no, not at all!
But who … who are you?
Der alte Wolf sieht den jungen, hellen neben sich fragend an, dann wandert sein Blick prüfend in die Runde. Schließlich lässt er sich auf seine Hinterbeine nieder und schaut mich ernst an.

We ***have existed*** *for millions of years*, erklärt er. *We wolves* ***hunted*** *with you humans; we* ***protected*** *you from wild animals.*

Wesen wie sie sind einen langen Weg gemeinsam mit uns Menschen gegangen, erzählt er weiter. Mit ihrer Hilfe schlossen sich einige der echten Wölfe immer enger an die Menschen an und wurden Hunde.

Wie er mir zu verstehen gibt, haben wir Menschen besondere Wölfe wie ihn einst sogar verehrt. Anubis, der schakalköpfige Gott der Ägypter, oder die Wölfin, die der Sage nach die römischen Zwillinge Romulus und Remus gesäugt und damit am Beginn des größten Imperiums gestanden hat, das Europa jemals gesehen hat, gehören zu den letzten Hinweisen auf eine Ära, in der Wesen wie er mit uns Menschen zusammenlebten.

have existed haben existiert
hunted haben gejagt
protected haben beschützt

Er hebt den Kopf, und seine Augen werden zu schmalen Schlitzen. Instinktiv weiche ich weiter zurück. Aber ich verstehe, was er mir sagen will. Im Lauf der Jahrhunderte haben sich die Menschen und seine Vorfahren voneinander entfernt, und als die Menschen sich Häuser bauten, wurden sie endgültig zu ihren Feinden. Sie bekamen Angst vor ihnen und begannen sie zu verfolgen.

Dann erzählt er mir von den Hexenverfolgungen. Dumme Fanatiker, die den Sinn des Christentums nicht verstanden hatten, gewannen damals Macht über das Denken von Millionen Menschen.

*They **called** us **beasts**. We **were persecuted** and **killed**. **Many** of our kind **left** Europe and **came** here, to the New World. We **hoped** that in the big forests of America we could **find peace**.*

Er schüttelt sich, als wäre sein dichtes, dunkles Fell von nassem Schmutz verklebt.

*But here too we were persecuted. Even the thought of us frightens people. Even here, we have to hide our **true nature**. We are not **humans**, and we are not animals. We are **werewolves**.*

Ich träume doch. Ja genau, das hier ist ein Albtraum. Ein verwirrender, schrecklicher, grausamer …

Langsam und sehr vorsichtig kommt der alte Wolf näher. Dann legt er mir behutsam seine Pfote auf die Hand. Und für einen Moment, für eine kurze Sekunde nur, verwandelt sich diese dunkle Pfote vor meinen Augen in *eine menschliche Hand*! Deutlich kann ich seine fünf Finger auf den meinen spüren.

Ich schreie auf. Ungläubig, ja fassungslos starre ich auf diese unheimliche Hand, nein, auf die raue, pelzige Pfote des Wolfes, die immer noch auf meinen Fingern liegt. Doch nun zieht der Dunkle sie schon wieder zurück. Mit würdevoll erhobenem Kopf geht er langsam rückwärts und lässt sich wieder auf seine Hinterbeine nieder.

called haben genannt
beasts Bestien
were wurden
persecuted verfolgt
killed getötet
many viele
left haben verlassen
came sind gekommen
hoped haben gehofft
find finden
peace Frieden
true wahre
nature Natur
humans Menschen
werewolves Werwölfe

You see? For you humans, we are all monsters. Why do you believe this? Why do you tell all ***those lies*** *about us? Why do you say that we are humans who must* ***turn into*** *wolves when the moon is full? You say that we* ***become*** *dangerous beasts, and that when we turn* ***back*** *into humans we* ***don't remember*** *what we* ***did as*** *animals. You even say that we can only be killed by a* ***silver bullet*** *through the* ***heart****.*

Traurig blickt er zu Boden.

Sein heller Gefährte sieht mich an. Nichts von dem, was wir Menschen über sie denken, ist wahr, verstehe ich. Sie sind beides, Mensch und Tier gleichzeitig.

We're not wild, dangerous beasts, sagt er. *We just are what we are. We are* ***part*** *of Nature, just like you.*

Der dunkle Wolf nickt langsam. *There's nothing more to say.*

Eine Zeitlang sehe ich ihn schweigend an. Viel zu groß, viel zu gewaltig und unfassbar ist das, was ich gerade gehört habe.

Doch die Wölfe – die *Werwölfe*, wie ich jetzt weiß – lassen mir Zeit. Geduldig sitzen sie da, sehen mich freundlich an mit ihren schimmernden Augen und warten, dass ich endlich wieder einen klaren Gedanken fassen kann.

"Werewolves." Das ist das einzige Wort, das ich über die Lippen bringe.

those diese
lies Lügen
turn ... into sich in ... verwandeln
become werden zu
back zurück
don't remember uns nicht erinnern
did getan haben
as als
silver silbernen
bullet Kugel
heart Herz
part Teil

That's right, bestätigt der Alte. *Not wild beasts. Not monsters. Just werewolves.*
Now you're one of the very ***few*** *people who know that we exist*, ergänzt der Helle.
Immer noch ungläubig schüttele ich den Kopf.
Dann, ganz plötzlich, kommen mir die Tränen. Ich stütze den Kopf in meine Hände und beginne haltlos zu weinen.
Wieder warten die Wölfe geduldig, bis ich mich beruhigt habe.
But … but why did you kidnap me?, will ich sie fragen.
Doch fast im selben Moment wird mir die Antwort von selbst klar.
She's not my daughter, hat der helle Wolf den anderen erklärt.
"You're looking for a **lost** child!", entfährt es mir.
Unendliche Trauer spiegelt sich in den Augen des Hellen.
That's right.
"A … a mark", stammele ich. "You thought it could be me, because you **saw** a kind of mark on me …"
Unwillkürlich hebe ich meine linke Hand und streife den Ärmel meines Sweatshirts hoch.
Schon immer, solange ich denken kann, habe ich an meinem Unterarm ein Blutmal, ein dunkelrotes Oval, umgeben von vier Punkten. Mit einem bisschen Fantasie könnte man tatsächlich meinen, es sähe aus wie der Abdruck einer Wolfspfote.

few wenigen
lost verlorenem
saw habt gesehen

"You saw it", sage ich und zeige auf meinen linken Arm. *You're right* ***again****,* erklärt der alte Wolf. *Every werewolf carries a mark, even in his* ***human shape****. It* ***might*** *be a* ***birthmark****, or a* ***scar****. But your birthmark is just a* ***coincidence****. And so we* ***will keep looking****.*

Ich schaue zu dem hellen Wolf hinüber, in dessen Augen sich so große Trauer und Enttäuschung spiegeln, dass er mir von ganzem Herzen leidtut.

again wieder
human menschlichen
shape Gestalt
might könnte
birthmark Geburtsmal
scar Narbe
coincidence Zufall
will keep looking werden weiter suchen
nearly fast
mate Gefährtin

"How … how did you lose your daughter?", frage ich ihn leise.

It is ***nearly*** *thirteen years ago now,* antwortet er. *In those days, my* ***mate*** *and I lived in the forests of Canada.*

Er erzählt, dass seine Gefährtin schwanger war. Weil es schon dunkel war, strichen sie in ihrer Wolfsgestalt umher. Und wurden von Jägern mit ihren Hunden entdeckt! Sie wollten entkommen, aber die Männer schossen und hetzten ihre Hunde auf sie. Er lenkte sie auf seine Spur – und entkam.

But I never saw my mate again, fügt er traurig hinzu. Schweigend senkt er den Kopf.

We looked for her for many, many days, but we couldn't find her, fährt an seiner statt einer der Wölfe hinter mir fort. Sie haben Jahre gebraucht, um herauszufinden, dass an einem weit entfernten Ort, auf der anderen Seite der Grenze, einige Waldarbeiter im Gebüsch eine tote Wölfin gefunden hatten. Neben ihr lag ein neugeborenes

Mädchen. Sie sind sicher, dass es das Werwolfkind war, geboren in menschlicher Gestalt. Die Mutter muss sich auf der Flucht vor den Hunden verirrt haben und ist vermutlich bei der Geburt ihrer Tochter gestorben.
Der helle Wolf hebt den Kopf und sieht mich an.
*It **was** a **miracle** that the baby girl was **alive when** they **found** her.*
Weil man nicht ermitteln konnte, wer ihre Eltern waren, gab man das Mädchen zur Adoption frei. Aber die Werwölfe hörten niemals auf, nach ihr zu suchen. Erst vor ein paar Tagen haben sie herausgefunden, dass sie mit ihren Adoptiveltern in Woodhouse Village lebt.
Der Alte ergreift wieder das Wort. *We must find her **quickly**, because in **a few** days she will be thirteen. And it's a **law of Nature** that, on the night after her thirteenth birthday, she **will change into** a wolf for the first **time**.*
Oh mein Gott! Was für ein Schock muss es sein, wenn man sich plötzlich und ohne Vorwarnung in einen … einen … Himmel, ich traue mich noch nicht einmal, mir das auch nur vorzustellen! Und was würde wohl passieren, wenn die Eltern des Mädchens es mitbekämen? In meinem Kopf überschlagen sich die Gedanken. Hilflos schaue ich zu dem hellen Wolf hinüber. Er sieht so traurig aus, dass plötzlich der Wunsch in mir aufsteigt, ihn in die Arme zu nehmen.

was war
miracle Wunder
alive am Leben
when als
found gefunden haben
quickly schnell
a few wenigen
law of Nature Naturgesetz
will change into … sich in … verwandeln wird
time Mal

Aber das traue ich mich nicht.
Nein, denke ich trotzdem. Ihr seid wirklich keine gefährlichen, bösartigen Wesen. Selbst dass ihr mich entführt habt, war nicht böse gemeint.
Of course not. Vorwurfsvoll sieht mich der alte Wolf an. Ich bekomme einen kleinen Schrecken. Für kurze Zeit hatte ich vergessen, dass die Werwölfe meine Gedanken lesen können. Dabei ist es offensichtlich völlig egal, in welcher Sprache ich denke.
Doch fast im gleichen Moment geht mir ein Licht auf. "Listen!", sage ich nun wieder laut. "If your daughter's nearly thirteen and she lives here in Woodhouse Village, she must be one of my **classmates**. Maybe I can help you find her!"
Would you really do that?, fragt der helle Wolf ungläubig.
Ich nicke entschlossen. "Of course. I'll do it for you. And for the poor girl who doesn't know what**'s about to happen** to her."

classmates Klassenkameradinnen
is about to happen demnächst geschehen wird
would be wäre
honour Ehre

Sie könnten meine Hilfe dringend gebrauchen, erklärt mir der Alte, denn ich kann dem Mädchen, das sie suchen, näherkommen als einer von ihnen. Auch wenn ich nicht einmal ihren Namen weiß.
"It **would be** an **honour** for me to help you", sage ich ernst.
Da ertönt ein leises Knurren. Es klingt keineswegs aggressiv, sondern ruhig und beinahe freundlich, und alle Wölfe scheinen mit einzustimmen.

Noch vor wenigen Minuten hätte mich bei diesem Laut die Panik ergriffen.
Aber jetzt ist mir klar, dass sich das Wolfsrudel auf seine Art bei mir bedanken will.

"Leonie! Endlich!", ruft meine Mutter, fällt mir um den Hals und drückt mich fest an sich.
"Wo bist du nur gewesen?", fragt mein Vater, der mit blassem Gesicht hinter ihr in der Haustür steht. "Wir haben schon die Riders angerufen, aber sie sagten uns, dass du ihr Haus vor über einer Stunde verlassen hättest, um zur Bushaltestelle zu gehen. Wir waren kurz davor, die Polizei zu rufen. Und jetzt stehst du plötzlich vor der Tür."
"Ich hab mich an unserer Bushaltestelle verlaufen", flunkere ich kleinlaut. "Statt in die Richtung unseres Hauses zu gehen, bin ich in den Wald geraten. In der Dämmerung sieht hier alles so fremd aus. Na ja, und dann habe ich lange gebraucht, um mich hierher durchzuschlagen."
"Mein Gott", murmelt mein Vater erschrocken.
Meine Mutter lässt mich endlich los, und ich senke beschämt den Kopf. Nie zuvor habe ich meine Eltern derart unverschämt belogen. Aber was bleibt mir anderes übrig? Die Wahrheit kann ich ihnen beim besten Willen nicht sagen – dann würden sie mich für eine Lügnerin halten. Oder sie hätten gedacht, ich wäre verrückt geworden, und mich stehenden Fußes zum nächstbesten Arzt geschleppt.

“Warum hast du uns denn nicht angerufen?”, fragt meine Mutter. Sie hat dunkle Ringe unter den geröteten Augen. Ich fürchte, sie hat geweint.
“Das habe ich mehrmals versucht”, erkläre ich. “Aber ich muss in einem Funkloch gewesen sein, jedenfalls hatte ich keinen Empfang. Und als mein Handy endlich wieder funktionierte, war ich bereits auf dem richtigen Weg und konnte schon unser Haus sehen.”
Nachdenklich schaut meine Mutter mich an, dann sagt sie: “Hauptsache, du bist wieder da.”
“Wenn du das nächste Mal im Dunkeln nach Hause kommst, werde ich an der Bushaltestelle auf dich warten”, erklärt mein Vater entschlossen. “Und nun komm endlich rein, du bist ja völlig durchgefroren.”
Er nimmt mir meine schwere Schultasche ab, legt mir den Arm um die Schultern, und gemeinsam gehen wir in die Küche, wo schon das Abendessen und ein warmer Tee auf mich warten.

Scared to Death

Es ist dunkle Nacht.

Ich liege in meinem Bett, habe die Arme hinter dem Kopf verschränkt und denke über das nach, was ich heute Abend erlebt habe.

Ich kann das alles immer noch kaum glauben.

Bin ich etwa wirklich und wahrhaftig richtigen, echten Werwölfen begegnet? Habe ich tatsächlich versprochen, ihnen zu helfen?

Immer wieder gehen mir diese Fragen durch den Kopf.

Ich werde ihnen helfen. Ich muss einfach. Oder soll ich wirklich zulassen, dass eine meiner neuen Klassenkameradinnen sich in einer der nächsten Nächte plötzlich und ohne jede Vorwarnung in eine Wölfin verwandelt?

Ich versuche mir vorzustellen, mir würde so etwas zustoßen. Der Gedanke ist so fremdartig und zugleich so grauenvoll, dass ich ihn ganz schnell wieder verdränge.

Unruhig wälze ich mich in meinem Bett hin und her.

Wie soll ich das bloß anstellen? Ich kenne meine Klassenkameradinnen doch noch kaum. Habe ich denn überhaupt eine Chance, rechtzeitig herauszufinden, wer die Werwölfin ist?

Falls sie überhaupt existiert. Vielleicht habe ich das alles ja gar nicht wirklich erlebt, sondern es mir nur eingebildet.

Dann wäre ich allerdings drauf und dran, verrückt zu werden.

Diese Vorstellung ist noch schauriger als der Gedanke, dass es Werwölfe wirklich geben könnte.
Wie in einer Endlosschleife drehen und winden sich diese immer gleichen Gedanken in meinem Kopf … und werden allmählich zu Träumen.
Zu furchterregenden Albträumen, in denen ich wieder im Wald auf dem feuchten, kalten Boden liege. Über mir steht der helle Wolf; er beugt seinen Kopf zu mir hinunter, seine Augen leuchten, seine scharfen Fangzähne blitzen, und drängend fragt er mich, immer und immer wieder: *Will you help us … help us … help us … help?*

Das laute Klingeln des Weckers reißt mich aus dem Schlaf. Müde hebe ich die Hand, drücke auf den Ausschaltknopf und drehe mich mit einem Seufzer zur Wand.
"Oh, schlafen", murmele ich. Wie gerne würde ich jetzt nicht aufstehen und mich duschen, sondern liegen bleiben und noch einmal eindösen. Doch schlagartig fallen mir die Erlebnisse des gestrigen Abends wieder ein. Mein Herz macht einen erschrockenen Hüpfer, und ich sitze hellwach in meinem Bett.
Mit gerunzelter Stirn hebe ich die linke Hand und starre auf das Blutmal auf meinem Arm.
Ja, es sieht wirklich so ähnlich aus wie die Pfote eines Hundes. Oder wie die eines Wolfes …
Ich schüttele den Kopf. "Hör mal, Leonie!", sage ich laut zu mir selbst. "An was immer du dich auch zu erinnern glaubst, es ist nicht wahr. Nein, es kann einfach nicht

wahr sein. Dazu ist es nämlich viel zu fantastisch. Du hast das alles nur geträumt!"
Entschlossen stehe ich auf und gehe ins Bad.
Als ich wenig später in die Küche hinuntergehe, kommen mir schon wieder die ersten Zweifel, denn bereits im Flur höre ich die Stimme meiner Mutter, die das leise Musik spielende Radio übertönt: "Leonie muss sich gestern Abend fürchterlich verlaufen haben. Und sie ist hingefallen. Ihr T-Shirt ist immer noch feucht und schmutzig. Ich bin so froh, dass sie heil zurückgekommen ist!"
"Ich auch", bestätigt mein Vater. "So etwas darf auf gar keinen Fall noch einmal passieren."
Er hält einen Moment inne, dann bittet er: "Würdest du das Radio ein bisschen lauter drehen?"
"Last night, wolves were **seen** for the **second** time in the **area** of Woodhouse Village", sagt die Stimme des Sprechers in sachlichem Ton. "Some people in the town say they **are worried** about a **possible attack."**
Verblüfft bleibe ich stehen.
Wölfe!, denke ich, und im gleichen Moment geht mir auch schon die Frage durch den Kopf, ob es nicht vielleicht die Werwölfe waren.
Zu meinem Erstaunen erklingt jetzt im Radio die Stimme meines neuen Biologielehrers. Souverän und beschwichtigend erklärt er: "Wolves are not **as** dangerous **as most**

seen gesehen
second zweiten
area Gegend
are worried machen sich Sorgen
possible möglichen
attack Angriff
as ... as so ... wie
most die meisten

people think. They are **actually** very **shy** animals that usually **try** to **stay** as **far away** as possible from humans and towns." Und so weiter und so fort.

Ich trete in die Küche und nicke meinen Eltern zu.

"But some of the people who live in Woodhouse Village are not **convinced**", sagt der Radiosprecher gerade.

Dann hören wir die raue, brüchige Stimme eines zweifellos nicht mehr ganz jungen Mannes. Mit dramatischen Worten berichtet er, dass sein Großvater ihm erzählt habe, wie vor vielen Jahren der jüngere Bruder eben jenes Großvaters, Gott sei seiner Seele gnädig, von Wölfen gefressen worden sei. Der arme Junge, drei Jahre alt, sei am helllichten Tage von der Farm seiner Eltern verschwunden. Stundenlang habe man mit der Hilfe der Einwohner von Woodhouse Village nach ihm gesucht, doch am Ende habe man nur noch ein paar abgenagte Kinderknochen gefunden. Furchtbar, ganz furchtbar sei das damals gewesen, für die Familie und für alle, die das Kind gekannt hätten. Nachdem man die letzten Wölfe in Maine ausgerottet habe, sei so etwas niemals wieder passiert.

"Listen, people! Do you want this to happen again? My **advice** is: keep your children in the house! Take your **guns** and kill the beasts!", wettert der Alte.

Der Sprecher sagt ein paar belanglose Abschlussworte, dann erklingt wieder Musik. Ich muss mich setzen.

actually eigentlich
shy schüchterne
try versuchen
stay bleiben
far weit
away entfernt
convinced überzeugt
advice Rat
guns Schusswaffen

Mama dreht das Radio leiser, und Papa schüttelt ärgerlich den Kopf.
"Der Alte redet ja wohl kompletten Unsinn", knurrt er. "Sein Großvater war doch selbst noch ein Kind. Wer weiß schon, ob er sich daran wirklich noch erinnern konnte? Wölfe würden niemals aus freiem Willen auch nur eine Pfote in eine menschliche Siedlung setzen. Wie können sie dann den Jungen entführt haben? Solche Horrorstorys sorgen nur für Panik. Warum beschränken sich die Journalisten nicht darauf, Fachleute wie diesen Biologielehrer zu befragen, die sich wirklich mit Wölfen auskennen?"
Meine Mutter seufzt. "Du hast recht. Es war bestimmt schlimm, dass der kleine Junge damals sterben musste. Aber Wölfe haben ihn nicht umgebracht, da bin ich sicher. Und dass ein toter Körper, der in der Wildnis liegt, recht bald von irgendwelchen Tieren gefressen wird, ist ganz normal." Sie sieht mich an und seufzt noch einmal. "Trotzdem bin ich froh, dass du heil und gesund nach Hause zurückgefunden hast."
"Wer weiß?", brummt mein Vater. "Möglicherweise war es ein Mensch, der den Jungen getötet hat. Es könnte sogar sein, dass die Bewohner von Woodhouse Village genau so etwas vermutet haben. Aber damals redete man vermutlich nicht über Kindesmissbrauch, erst recht nicht mit den Kindern selbst. Da machte man schon lieber Raubtiere für den plötzlichen Tod eines Jungen verantwortlich. Die konnten ja auch nicht widersprechen."

"*Hominis homini lupus est*", zitiert meine Mutter ihren uralten lateinischen Lieblingsspruch: "Der Mensch ist dem Menschen ein Wolf."

Es ist ein schöner Spätsommermorgen. Die Sonne strahlt vom Himmel, als ich zur Bushaltestelle gehe. Zum ersten Mal seit ich nach Woodhouse Village gekommen bin, kriecht nicht einmal der feinste Hauch von Morgennebel zwischen den Bäumen und Sträuchern hindurch. Die warmen Sonnenstrahlen streicheln mein Gesicht. Sie schimmern auf dem bunten Herbstlaub und auf dem Wasser des Baches, der entlang der Straße meinen Weg begleitet.
Ich hab gute Laune, denn gerade wird mir wieder klar, dass die bösartige Schlange der Angst endgültig mein Herz losgelassen hat. Ja, die Angst hat sich aus meinem Körper und aus meinen Gedanken verzogen, trotz der vielen Fragen und Probleme, die mir nach wie vor im Kopf herumschwirren.
Einerseits bin ich mir immer noch nicht so ganz sicher, ob all das, an was ich mich so deutlich zu erinnern glaube, wirklich passiert ist. Andererseits mustern meine Augen pausenlos das Gebüsch am Waldrand. Etwas in mir wartet regelrecht darauf, dass plötzlich ein Wolf aus dem dichten Unterholz tritt und mich auffordernd ansieht.
Doch da fällt mir ein: Werwölfe leben bei Tage in Menschengestalt! Ich atme auf. Gott sei Dank, wenigstens jetzt sind sie einigermaßen sicher!

Der Bus kommt, und ich steige ein. Dabei mustere ich ebenso neugierig wie unauffällig die wenigen Fahrgäste. Ich kenne niemanden. Jeder könnte ein Werwolf sein, denke ich, und mir läuft ein Schauer über den Rücken. Ruckelnd fährt der Bus los.
Wenn all das wirklich passiert ist, ist eine meiner Klassenkameradinnen in großer Gefahr, und ich muss sie finden, egal wie, sage ich mir zum x-ten Mal. Aber ich muss mich möglichst unauffällig verhalten. Wenn herauskäme, was ich vorhabe, würde mir garantiert niemand glauben. Ich brauche einen richtig guten Plan ...
Irgendwie muss ich herausfinden, ob eine meiner Klassenkameradinnen das Zeichen der Werwölfin trägt. Und ich muss wissen, ob eine von ihnen adoptiert wurde.
Aber was ist, wenn ihre Eltern ihr das gar nicht erzählt haben?
Oh Mann, das ist vielleicht kompliziert!
Aber natürlich! Die Lösung ist ihr Geburtstag!
Ja, genau. Ich muss nur rauskriegen, welches Mädchen in der nächsten Zeit Geburtstag hat. Hoffentlich sind es nicht gleich zwei oder drei! Das wäre wirklich ein Riesenpech.
Erleichtert lehne ich mich in meinem Sitz zurück. Das ist es: Ich muss nur eine meiner neuen Freundinnen fragen, welche von unseren Klassenkameradinnen als Nächste Geburtstag hat. Das dürfte ja wohl nicht so schwer sein.
Ich schaue nach draußen, wo die Häuser jetzt schon enger beieinander stehen. Einige Leute tappen mit mü-

den Gesichtern über die Gehsteige, im Vorbeifahren sehe ich sogar zwei Mädchen aus meiner neuen Klasse. Als eine von ihnen aufschaut, winke ich ihr zu.
Lächelnd hebt sie die Hand.
Bald darauf hält der Bus auf dem Kirchplatz von Woodhouse Village. Ich steige aus und gehe in Richtung Schule. Sie ist in einer mindestens hundert Jahre alten hölzernen Villa untergebracht und liegt am Rande eines hübschen kleinen Parks neben einem modernen Hallenbad.
"Hi, Leonie."
Ich bleibe stehen und drehe mich um.
Wenige Meter hinter mir ist Cindy.
"Good morning", antworte ich und warte, bis sie mich eingeholt hat.
"Did you enjoy jogging with Danielle?", will sie wissen.

hard schwer
keep up Schritt halten
track and field athletics Leichtathletik
the same dasselbe
real echter

"It was great", entgegne ich ehrlich. "Danielle's very fit. It was **hard** for me to **keep up** with her."
Cindy lacht. "Of course. All the girls in her **track and field athletics** team, and even our sports teachers, have **the same** problem. She's a **real** champion."
Ich muss mich beherrschen, um Cindy nicht von oben bis unten zu mustern wie eine Katze die Maus, in der unrealistischen Hoffnung, dass ich vielleicht irgendetwas an ihr entdecken würde, das das Zeichen des Werwolfs sein könnte.
Vorsicht, ermahne ich mich. Wenn du nicht sehr vorsichtig bist, merkt sie noch etwas. Und dann hält sie dich

wahrscheinlich für bescheuert. Es könnte sogar sein, dass sie damit gar nicht so unrecht hat …

Der Morgen in der Schule vergeht recht schnell, das Lernen macht mir sogar einigermaßen Spaß. Das liegt mit Sicherheit auch an Danielle und Cindy. In der großen Pause schleppen sie mich mit zu einer Clique von Klassenkameradinnen und Klassenkameraden. Auch Greg Parker, der rothaarige Basketballspieler, ist dabei. Komisch, aus irgendeinem Grund muss ich ihn immer wieder verstohlen mustern.

Allzu viel kann ich allerdings nicht über ihn nachdenken, denn wir reden und lachen und albern die ganze Zeit herum. Es kommt mir fast so vor, als würde ich die Leute schon seit einer Ewigkeit kennen. Ja, wir haben so viel Spaß miteinander, dass ich für einige Zeit sogar mein ständiges Grübeln über die Werwölfe vergesse.

Aber schon in der nächsten Stunde werde ich gnadenlos wieder an sie erinnert. Wir haben Biologie, und unser Lehrer hält eine Extrastunde zum Thema "wolves". Ausdrücklich versichert er uns, dass sie keine reißenden Bestien sind, sondern Tiere, die den Menschen fürchten und viel lieber die Flucht ergreifen, als einen von uns zu töten.

Auf den Gesichtern mancher meiner Klassenkameraden sehe ich ernste Zweifel.

Auch Danielle ist skeptisch. Als wir nach der Schule zusammen durch den Park gehen, spricht sie mich darauf an.

"Your parents make **wildlife films**?"

"Yes, they do", erkläre ich. "My mother is a **biologist** and my father is a **forest ranger**. And they film animals."

"So what do you think about the wolf problem?", fragt sie.

Ich erzähle ihr, worüber wir heute Morgen am Frühstückstisch gesprochen haben.

"I'm **still** not sure about it", zweifelt sie, als ich fertig bin. "Actually, I am afraid of these wolves. Maybe the **so-called experts** are just saying it's not so dangerous because they're happy that there are some wolves in our forests again. I can't believe that there's no **truth** at all in any of the horror stories."

Ach, Danielle, die menschlichen Ängste treiben eigenartige Blüten, denke ich und erinnere mich an die Hexenverfolgungen, von denen mir der alte Werwolf erzählt hat.

"Your parents **told** you that wolves would never go into any human **settlement**", fährt sie fort. "But how about the boy the old man was talking about? Maybe they **were** very, very hungry. **Anyway**, I'm not going to go out **after dark** now, **certainly** not **on my own.** And I **won't** go **near** the forest on my own **until** the wolves **have gone.**"

wildlife films Tierfilme
biologist Biologin
forest ranger Förster
still immer noch
so-called sogenannten
experts Experten
truth Wahrheit
told haben erzählt
settlement Siedlung
were waren
anyway jedenfalls
after dark nach Einbruch der Dunkelheit
certainly ganz bestimmt
on my own alleine
won't werde nicht
near in die Nähe
until bis
have gone weg sind

Ich zucke die Achseln. "There's nothing wrong with being **careful**, is there?", sage ich leichthin. "But I hope that the poor animals won't be killed **for no reason** by **some** idiot with a gun."
Danielle runzelt die Stirn. "No, I do**n't** like that idea **either**, I really don't ... **Well, perhaps** the wolves will **move on** in the next few days **without** hurting anyone. That would be best, I guess."
Wir verlassen den Park und biegen auf die Straße ein. Mir ist völlig klar, dass die Wölfe so schnell nicht weiterwandern werden. Zumindest nicht, wenn es sich wirklich um die Werwölfe handelt, denen ich ... vielleicht ... wahrscheinlich ... gestern Abend begegnet bin.
"I guess you're right", beende ich das Thema und versuche, endlich zu der Frage zu kommen, die mich seit heute Morgen beschäftigt. Inzwischen habe ich mir sogar eine Taktik zurechtgelegt, eine ziemlich kluge, wie ich finde.
Also los, Leonie, jetzt oder nie!
"Most of our classmates **seem** really nice. And I think **someone** said that Cindy's having a birthday party **soon**. Is that right?"
Mein Herz klopft mir bis zum Hals.
Was ich gerade gesagt habe, war komplett gelogen. Ich wollte nur einen möglichst unauffälligen Anlass für meine nächste Frage haben.

careful vorsichtig
for no reason ohne Grund
some irgendeinem
not either auch nicht
well nun
perhaps vielleicht
move on weiterziehen
without ohne
seem scheinen
someone jemand
soon bald

Danielle runzelt auch prompt die Stirn. "Cindy? No, that can't be right. Her birthday's in March. It's September now – that's months away."

"Maybe I **heard** the name **wrong**", sage ich. Mein Herz pocht noch heftiger. Tapfer stelle ich die nächste Frage: "Who might it be, **then**?"

Zu meinem Erstaunen zuckt Danielle die Achseln. "Sorry, I've **no idea**. The next person I know is having a birthday party is Steve McGregor. His birthday is in October. **After that** it's Ian Fowler at the **beginning** of November, and the first girl in our **class** to have a birthday is Jane Tobson, two weeks later."

Wie ist das nur möglich!?

Cool bleiben, Leonie! Du darfst dich auf gar keinen Fall verraten!

heard wrong habe falsch verstanden
then also
no idea
keine Ahnung
after that danach
beginning Anfang
class Klasse
completely völlig
must have got it wrong
muss es missverstanden haben
different anderen
year Jahrgang

Inzwischen haben wir den Kirchplatz erreicht und gehen zu dem Wartehäuschen der Bushaltestelle hinüber. "Oh, I **must have got it completely wrong**, then", sage ich mit vorgetäuschter Ruhe. "The girls who were talking about it were in our class, but maybe they were talking about someone in a **different year.** Anyway, if it was one of our friends, I wanted to give her a little present. That's why I asked."

"That's very nice of you", erwidert Danielle.

Ich werfe ihr einen prüfenden Blick zu. Sie wirkt total arglos. Nein, sie hat wirklich nicht den leisesten Hauch eines Verdachtes geschöpft. Trotzdem fühle ich mich furchtbar. Ich mag Danielle wirklich gern, und es fällt mir schwer, sie so hinterlistig auszuhorchen. Fast bin ich froh, dass mein Bus schon um die Ecke biegt. In meinem Kopf herrscht das totale Chaos, und ich brauche dringend ein wenig Ruhe, um wieder Ordnung in meine Gedanken zu bringen.

“See you tomorrow!”, verabschiede ich mich von meiner neuen Freundin und steige in den Bus, der direkt vor uns zum Stehen gekommen ist.

Grüßend hebt sie die Hand. Als sich der Bus langsam wieder in Bewegung setzt, dreht Danielle sich um und geht mit kraftvollen Schritten nach Hause.

Nachdenklich schaue ich aus dem Fenster, doch je länger ich über mein Erlebnis mit den Werwölfen brüte, umso mehr wird mir klar, dass das alles nicht wahr sein kann. Ja, es ist wirklich unmöglich. Wenn das Werwolf-Mädchen irgendwann im September zur Welt gekommen wäre, müsste es doch wohl bald Geburtstag feiern. In unserer Klasse wurde aber niemand in diesem Monat geboren. Nicht einmal ein Junge.

Aber das würde ja heißen …

Es heißt, dass ich mir die Geschichte mit den Werwölfen nur eingebildet habe. Und das wiederum kann nur bedeuten, dass ich gestern auf dem Nachhauseweg so etwas wie Wahnvorstellungen gehabt haben muss.

Ratlos stütze ich den Kopf in meine Hände.

Als ich wieder aufschaue, fahren wir bereits zwischen den hohen Kiefern hindurch. Der Bus bremst gerade ab

und rollt auf eine Haltestelle zu. Es ist die letzte, bevor ich aussteigen muss. Das Schild dieser Haltestelle ist fast gänzlich überwachsen von den dichten, langen Ästen eines Strauches. Um die dünne Eisenstange, an der es befestigt ist, windet sich giftgrünes Efeu.
Zischend öffnet sich die Vordertür des Busses. Ein junger Mann steigt ein, er sieht er mich an – und ich erschrecke. Denn ich habe in seine Augen gesehen.
Diese Augen sind schmal und hellbraun, und mir ist, als wäre ihr Blick auffällig intensiv. Für einen kurzen Moment hab ich doch tatsächlich geglaubt, einem Wolf ins Gesicht zu sehen.

Wie soll ich es heute bloß schaffen, meinen Hausaufgaben zu machen? Und noch wichtiger: Meine Eltern dürfen mir nichts anmerken!
Mit klopfendem Herzen betätige ich die Klingel, aber niemand öffnet. Also hole ich meinen Hausschlüssel aus der Schultasche und schließe die Tür auf.
Auf der Kommode im Flur liegt ein Zettel. Darauf steht, dass Ma und Pa mit ihren Kameras unterwegs sind. Am Morgen hat sie ein Wildhüter angerufen, weil er in seinem Revier zum ersten Mal seit Jahren wieder Seeadler gesehen hat. Nun hoffen sie, dass sie diese "wunderbaren Raubvögel" auch wirklich vor die Linse bekommen. Heute Abend wollen sie wieder zurück sein.
"*Dann kochen wir zusammen Spaghetti bolognese, dein Lieblingsessen. Versprochen!*
Gruß und Kuss! Mama und Papa."

Um ehrlich zu sein: Ich bin ganz froh, dass meine Eltern gerade jetzt nicht zu Hause sind. Denn ... ja, sie hätten mir etwas angemerkt, da bin ich mir ziemlich sicher. Und Hunger hab ich überhaupt keinen.
Ich hänge meine Jacke an einen Haken und gehe schnurstracks die Treppe hinauf in mein Zimmer. Dort lasse ich mich auf mein Bett fallen und starre an die Decke.
Leonie, du bist mehr als nur ein bisschen verrückt. Du bist komplett wahnsinnig! Warum sonst hast du eben am helllichten Tage von Werwölfen in Menschengestalt fantasiert?
Dabei gibt es gar keine Werwölfe. Natürlich nicht.
Ich weiß nicht, wie lange ich so auf meinen Bett gelegen habe. Aber irgendwann, nach einer ziemlich langen Zeit, überkommt mich wieder eine gewisse Ruhe. Zugegeben: Es ist eine hilflose, verzweifelte Ruhe. Aber wenigstens kann ich jetzt wieder klar denken.
Okay, beschließe ich. Mit mir stimmt etwas ganz und gar nicht. Wahrscheinlich habe ich sogar Wahnvorstellungen. Aber vielleicht bin ich ja nur in einer schwierigen Phase? Der Grund dafür könnte mein neues Leben hier in Maine sein. Es ist schließlich gar nicht so einfach, von Deutschland nach Nordamerika, über den Atlantischen Ozean und buchstäblich um die halbe Welt umzuziehen. Vielleicht kann man dabei wirklich für eine Zeitlang verrückt werden.
Also Kopf hoch! Ich warte jetzt einfach mal ab, vielleicht hört das ja alles schon bald wieder ganz von alleine auf.

Proof

Aouuuuuh!”
Erschrocken fahre ich zusammen.
So heult kein Hund, garantiert nicht.
War es … war es vielleicht ein Wolf?
Es ist Abend, meine Hausaufgaben sind fertig, und ich habe in der Küche einen Apfel gegessen. Gerade bin ich in den Garten gegangen, weil ich einen vollen Eimer mit Biomüll auf den Kompost bringen will. Und ausgerechnet jetzt, wo ich über diese dunkle Wiese laufe …
Das Heulen war ganz nah!
Ich bleibe stehen und horche angestrengt auf die Laute um mich herum: auf das Flüstern des Windes in den Kronen der hohen Kiefern, auf das Knistern der welken Herbstblätter und auf das Flattern von Flügeln, weit entfernt.

proof Beweise

Sonst ist da nichts.
Okay, Leonie, sage ich mir, du wirst jetzt diesen blöden Müll wegwerfen, und dann läufst du so schnell wie möglich zum Haus zurück.
Mit eiligen, entschlossenen Schritten gehe ich weiter bis zum hintersten Ende unseres Gartens und schütte den vollen Eimer auf dem Kompost aus.
Leise raschelt es im Gebüsch dicht neben mir.
Im bleichen Licht der entfernten Straßenlaternen sehe ich, dass ein Wolf aus dem Unterholz tritt. Ein großes, recht helles Tier mit leuchtend gelben Augen. Es ist nur einen, höchstens zwei Meter von mir entfernt.

Der Wolf sieht mich an. Dann tritt er näher, langsam und sehr vorsichtig.
Panik erfasst mich; ich kann nichts weiter tun als still stehen zu bleiben und dieses Tier ... oder besser: dieses Trugbild eines Tieres ... hilflos anzustarren.
Poor girl! So you really have convinced ***yourself*** *that we don't exist and that you'****re going mad****. We* ***were afraid*** *you might think that.*
Unaufhaltsam drängen sich die Wörter in mein verängstigtes Gehirn. Wütend beiße ich die Zähne zusammen. Nein! Niemand auf der Welt kann sich einem anderen nur durch seine Gedanken mitteilen, sage ich mir. Was immer ich auch wahrzunehmen glaube, es ist nicht da. Und ich bin total verrückt geworden.
No, you aren't mad. We do exist. We're as real as you or your parents.
Erst als mich eine feuchtkalte Nase an der Hand anstupst, wird mir klar, dass der Wolf jetzt direkt vor mir steht.
Beinahe freundlich schauen mich seine schimmernden Augen an.
*I'****ll prove*** *it to you.*
Er macht eine Pause, doch als ich weiter steif stehen bleibe und ihn voll abgrundtiefem Entsetzen anstarre, fährt er fort: *Your parents* ***have gone out*** *with their cameras to film* ***sea eagles****, haven't they?*
Na toll! Meine Halluzinationen erzählen mir etwas, das ich sowieso schon weiß.

yourself dich
are going mad wirst verrückt
were afraid haben befürchtet
will prove werde beweisen
have gone out sind rausgegangen
sea eagles Seeadler

Well, they've found two. The ***male is missing*** *a* ***claw****, and the* ***female*** *is an* ***unusually*** *light brown.*
"Oh, have they?" Als ich den Klang meiner eigenen Stimme höre, wird mir klar, dass ich laut mit diesem in Wirklichkeit gar nicht vorhandenen Wolf gesprochen habe.
Of course. One of us was there. You can ask your parents. They're ***on the way*** *home now. They'll be here soon.*
Ja natürlich, ich kann sie fragen, überlege ich. Wenn sie bestätigen, was der Wolf mir gerade gesagt hat, dann …
Dann bin ich gar nicht verrückt.
Und es gibt wirklich Werwölfe.
Fragt sich nur: Welche von den beiden Möglichkeiten ist die gespenstischere?
Endlich gelingt es mir, mich aus meiner Erstarrung zu lösen. Langsam sinke ich in die Hocke, ohne das unheimliche Wesen vor mir auch nur eine Sekunde lang aus den Augen zu lassen.

male Männchen
is missing fehlt
claw Klaue
female Weibchen
unusually ungewöhnlich
on the way unterwegs
none keiner
checked kontrolliert haben
knew wussten

Doch die Zweifel lassen sich nicht so schnell vertreiben.
"But how can all this be true?", frage ich ihn. "Today, after school, I talked to one of my new friends. **None** of my classmates has a birthday in September."
Betreten senkt er den Kopf.
We know. The birthdays were the first thing that we ***checked****. We didn't have time to talk to you about it yesterday because we* ***knew*** *that your parents were worried about*

you, and that you ***needed to*** *get home as quickly as possible. Now we see that that was a mistake. I am very sorry.*
Er hält kurz inne und sieht mich prüfend an. Als ich nicht antworte, fährt er fort: ***Nobody*** *knows* ***exactly*** *when my daughter* ***was born****; not even her* ***adoptive parents****. So we believe that she* ***celebrates*** *her birthday on a completely different day. Maybe the day she was* ***adopted****.*
"That would make **sense**", sage ich, obwohl ich mir immer noch nicht sicher bin, dass das Wesen, mit dem ich spreche, wirklich existiert. "But what **should** we look for, then?"
Well, what we do know is that nobody here in Woodhouse Village, not even the ***minister****, who has lived here* ***for*** *more* ***than*** *twenty years, knows anything about an adopted girl of your* ***age****. If my daughter was adopted by a family that was living here at the time,* ***everybody*** *in this little town would know about it.*
"So we should **concentrate on** girls **whose** families **moved here recently**", überlege ich laut.
Exactly. We're now trying to find out which families with girls your age have lived here for ***less*** *than thirteen years. Will you help us?*

needed to musstest
nobody keiner
exactly genau
was born geboren wurde
adoptive parents Adoptiveltern
celebrates feiert
adopted adoptiert
sense Sinn
should sollten
minister (AE) Pfarrer
for seit
than als
age Alter
everybody jeder
concentrate on … uns auf … konzentrieren
whose deren
moved here hierhergezogen sind
recently in letzter Zeit
less weniger

"Of course I will!", rufe ich, dann füge ich leiser hinzu: "I know that it's very **important** to find the girl as soon as …"

Ich halte inne, denn hinter mir erklingt das Brummen eines Automotors. Er wird langsam lauter.

Dann höre ich das Knirschen von Reifen auf dem Kiesweg unserer Auffahrt. Das Licht von starken Scheinwerfern dringt bis zu uns herüber und lässt die Augen des Wolfes aufblitzen.

Das Tier spitzt die Ohren. Die Haare auf seinem Rücken sträuben sich, und es weicht einen Schritt zurück ins Gebüsch.

Thank you, erklärt er. *And please don't forget to look for the mark of the werewolf.* ***Remember****, you* ***may*** *not* ***recognize*** *it* ***at first****.*

important wichtig
remember denk daran
may wirst vielleicht
recognize erkennen
at first anfangs

Kurz senkt er seine Schnauze zu Boden, dann verschwindet er blitzschnell und geräuschlos im Unterholz.

Es ist fast so, als hätte es ihn nie gegeben.

Aber halt! Dort, wo er eben noch gestanden hat, liegt etwas! Ich kann nicht viel erkennen, aber …

Ja, es ist eindeutig da.

Hinter mir schlagen zwei Autotüren zu, dann höre ich die Stimme meiner Mutter.

Ich bücke mich und hebe auf, was vor mir liegt.

Es ist eine Feder.

Ja, wirklich. Eine große Feder, ziemlich hell. Ich brauche mehr Licht, um sie genauer in Augenschein nehmen zu können. Und ich muss dringend zum Haus zurück. Wenn meine Eltern die Türe öffnen und feststellen, dass ich nicht da bin, bekommen sie bestimmt einen Schreck. Jetzt erst fällt mir auf, dass ich eben, als der Wolf auftauchte, den leeren Komposteimer fallen gelassen habe. Ich hebe ihn wieder auf und laufe los, über den Rasen in Richtung Haus.

Als ich ankomme, hilft Mama gerade meinem Vater dabei, die Kameras aus dem Kofferraum zu holen.

"Wir haben wundervolle Aufnahmen gemacht", sagt sie glücklich.

Papa strahlt sie an. "Ja, da bin ich mir auch ganz sicher. Aber vor allem bin ich froh darüber, dass die Population der Seeadler in Maine wieder wächst. Wenn ich daran denke, dass diese majestätischen Vögel noch vor wenigen Jahren vom Aussterben bedroht waren ..."

Er geht zur Haustüre und drückt auf die Klingel.

"Hallo!", keuche ich hinter ihm.

Verdutzt dreht er sich um, sieht mich und lächelt mich an. "Oh! Was machst du denn um diese Zeit noch im Garten?"

"Ich hab nur den Komposteimer ausgeschüttet", erkläre ich.

Mama kommt die Auffahrt hoch, eine Kamera über der rechten Schulter und einen Aluminiumkoffer mit Ausrüstung in der Hand. Papa schließt die Tür auf, wir treten ein, und er schaltet das Licht im Flur an.

"Was ist denn das?", fragt er und schaut neugierig auf meine rechte Hand.

“Nur eine Feder”, antworte ich so gelassen wie möglich. Aber mein Herz schlägt schneller. “Schön, nicht? Ich habe sie neben dem Komposthaufen gefunden.”
Das ist nun wirklich nicht gelogen.
Papa stellt seine Taschen ab. Meine Mutter zieht sich die Jacke aus und schaut sich die Feder genauer an.
“Oh, das ist ja die Feder eines Seeadlers! Sie könnte dem Weibchen gehören, das wir heute gefilmt haben. Ihr Gefieder war außergewöhnlich hell.”
Mein Herz macht einen Hüpfer. Der Werwolf hat mir also die Wahrheit gesagt. Aber das bedeutet doch … es bedeutet wirklich …
“Du hast recht, Liebling”, stimmt ihr Papa zu. “Das Adlerweibchen muss allerdings sehr weit geflogen sein, wenn es seine Feder ausgerechnet in unserem Garten verloren hat.”
“Übrigens, unser Ausflug war sehr interessant. Du solltest dir unbedingt einmal unsere Aufnahmen ansehen, Leonie”, freut sich meine Mutter. Dann beugt sie sich hinunter, um sich ihre schweren, schmutzigen Wanderschuhe auszuziehen.
Papa tut das Gleiche.
“Überhaupt waren unsere beiden Seeadler ein recht besonderes Paar”, erklärt er dabei. “Das Männchen …”
“Fehlte dem Männchen etwa eine Klaue?” Der Satz ist heraus, bevor ich auch nur darüber nachdenken konnte.
Verdutzt sieht mich mein Vater an. “Äh … ja genau, du hast recht. Wie bist du denn darauf gekommen?”
Ich spüre, dass ich rot werde.

"Äh … na ja, war nur so eine Idee", stottere ich hilflos. Aber gleichzeitig fällt mir ein riesengroßer Stein vom Herzen. Das konnte ich nicht wissen! Nichts von dem, was meine Eltern mir gerade erzählt haben, hätte ich auch nur ahnen können. Und dann ist da ja noch die Feder …

Aber das bedeutet, dass ich vor wenigen Minuten wirklich mit einem Wolf gesprochen habe! Mit einem Werwolf.

Also habe ich keine Wahnvorstellungen. Stattdessen habe ich eine unglaublich wichtige, sehr, sehr dringende Aufgabe.

Die Erleichterung, die mich plötzlich überkommt, ist so riesengroß, dass ich für einen Moment weiche Knie kriege und mich an der Wand abstützen muss.

"He!", sagt mein Vater, "Unsere Tochter hat das zweite Gesicht. Warum ist uns das bloß nicht schon früher aufgefallen?"

"Guter Witz", bemerke ich und ärgere mich, dass meine Stimme dabei so rau klingt.

"Na los, ab in die Küche!", fordert uns meine Mutter fröhlich auf. "Ian, könntest du die Zwiebeln und die Paprikaschoten schneiden? Leonie, du kümmerst dich bitte um die Tomaten. Währenddessen koche ich die Nudeln und brate das Fleisch, okay? Dann können wir spätestens in einer halben Stunde essen."

Wunderbar, denke ich erleichtert. Gerade bekomme ich nämlich einen Riesenhunger.

Als ich am nächsten Morgen auf dem Kirchplatz aus dem Bus steige, scheint wieder die Sonne von einem fast wolkenlosen Himmel. Ich gehe mit schnellen Schritten zur Schule und pfeife dabei ein Lied vor mich hin.

"Morning!"

Überrascht schaue ich über meine Schulter.

Zu meinem Erstaunen kommt Greg mit schnellen Schritten hinter mir her. Unwillkürlich fängt es in meinem Bauch an zu kribbeln.

"Hi! Do our buses **arrive at the same time**?", frage ich ihn.

"No, they don't." Er grinst ein wenig verlegen. "I live **around** the corner."

Nun hat er mich eingeholt. Mit großen Schritten geht er neben mir her.

"Did you sleep **well**?"

"I'd have liked to stay in bed for two more hours", gebe ich ehrlich zu.

"But the wolves **were howling**", wendet er ein. "You must **have slept** well if they didn't wake you."

"Were they really howling?", frage ich ehrlich erstaunt. "I didn't hear anything at all."

Er seufzt. "Well, **I did**! Of course I'm **against** killing the poor animals for no reason. But I do think they should be **deported** to Canada for making **such** a **noise**."

Jetzt muss ich doch kichern. "Now listen! The United States of America is a **country of immigrants**, remem-

arrive ankommen
at the same time gleichzeitig
around (her)um
well gut
were howling haben geheult
have slept geschlafen haben
I did. Ich schon.
against gegen
deported abgeschoben
such so
noise Lärm
country of immigrants Einwanderungsland

ber?" Hurra! Durch meine listige Gesprächsführung bin ich jetzt genau da, wo ich hin wollte. "**By the way**", sage ich wie nebenbei, "someone told me yesterday that most of the families in Woodhouse Village have lived here for generations. He said that only a few people have moved here recently. It **sounds as if** we're living in the Wild West in the time of the **gold rush**."

Greg lacht in sich hinein. "Well, I hope you know that we **have** actually **heard** of cars, television and the internet here. **Believe it or not**, some of us even have them."

Wir biegen auf den Fußweg ein, der am Park entlangführt, und Greg weist auf das Schwimmbad zu unserer Linken. "We even have a swimming pool. And what's more: it has a roof!"

Dann zuckt er die Achseln. "You're right, **though**. It's true that not many people want to move to our small town, out here **in the middle of** the forest. **After all**, it's not **exactly** New York or Los Angeles, is it? My family has lived here for generations. **So** has Danielle's, the girl who sits next to you at school."

Ja, natürlich. Es wäre ja auch noch schöner, wenn ausgerechnet meine supernette neue Freundin eine Werwölfin wäre. Ein irgendwie geartetes Zeichen scheint sie auch nicht zu tragen, und überhaupt macht sie mir nicht den Eindruck, als –

by the way übrigens
sounds klingt
as if als ob
gold rush Goldrausch
have heard haben gehört
believe it or not ob du es glaubst oder nicht
though aber
in the middle of mitten in
after all schließlich
exactly gerade
so auch

Greg runzelt nachdenklich die Stirn. "But I **suppose** you could say that there's something of the Wild West about Woodhouse Village", sagt er. "Cindy Laurer's family, **for example, has owned** a farm here for generations. And Nancy Smith' family were **carriage builders** here, years ago. Now her parents have the **only** car und tractor **repair business** in the area."

"That's on the **edge** of town, isn't it? My bus **passes** it every day", bemerke ich.

"That's right." Er gibt mir einen sanften Rippenstoß. "See, even in the so-called New World, people do have their **traditions**. – Oh, hi, Mark!"

Wir sind bei der Schule angekommen, und mit uns gehen noch ein paar andere Jugendliche die breite, hölzerne Eingangstreppe hinauf.

"So am I the only one in our class whose family hasn't lived here for years and years?", frage ich mit gespielter Enttäuschung.

Er lacht. "I wouldn't say that. Mary Francis' parents, for example, **have** only **been living** here for the last five years ..."

Der Schulgong ertönt.

"We**'re supposed** to be in our classroom **already**!", ruft Greg.

suppose nehme an
for example zum Beispiel
has owned hat besessen
carriage builders Kutschenbauer
only einzige
repair business Reparaturgeschäft
edge Rand
passes fährt vorbei
traditions Traditionen
have been living haben gelebt
are supposed sollten
already schon

Wir spurten den langen Flur entlang und erreichen unsere Klasse buchstäblich im allerletzen Moment, als unser Physiklehrer schon um die Ecke biegt.

Mary Francis. Mary Francis.
Den ganzen Morgen schwirrt mir der Name durch den Kopf: während der Physikstunde, während der Englischstunde und auch noch in Geschichte.
Danach haben wir zwei Stunden Sport, und im Umkleideraum kann ich endlich versuchen, der Antwort auf die eine große Frage ein Stück näherzukommen: Könnte Mary Francis wirklich die Werwölfin sein – das Mädchen, dem ich unter allen Umständen helfen muss?
Beim Umziehen platziere ich mich möglichst unauffällig neben sie. Ich glaube nicht, dass jemand bemerkt, wie ich sie aus den Augenwinkeln, aber dennoch gründlich inspiziere.
Fehlanzeige.
Ich finde nichts, aber auch gar nichts, das auch nur annähernd wie ein Wolfszeichen aussieht. Andererseits: Mary hat sich nicht komplett ausgezogen. Darum ist eigentlich immer noch alles offen.
Als wir nach dem Sport zurück in unsere Klasse zum Mathematikunterricht gehen, grübele ich immer noch darüber nach. Ich registriere nicht einmal, mit was für einem wirren Zahlenkram uns unser Mathelehrer Mr Fisher diesmal traktiert. Das ist ziemlich ungewöhnlich. Normalerweise mag ich Mathe nämlich recht gerne. Aber heute dringt kaum eine der neuen Formeln in mein

gestresstes Gehirn. Stattdessen werfe ich immer wieder neugierige Blicke zu Mary Francis hinüber. Zum Glück ist das nicht sonderlich auffällig, weil sie auf gleicher Höhe wie ich sitzt, wenn auch leider ein paar Meter entfernt.

Hm, überlege ich. Wie sie unseren Mathelehrer mit ihren braunen Augen fixiert, wie sie jetzt mit einer eleganten Bewegung ihr langes, schwarzes Haar zurückwirft … Nun kritzelt sie ein paar Zahlen in ihr Heft … Also ehrlich, ich kann mir sehr gut vorstellen, dass sie sich bald in eine Werwölfin verwandeln könnte.

Vorsicht, Leonie! Mary Francis ist wahrscheinlich nicht die Einzige, deren Eltern erst vor ein paar Jahren nach Woodhouse Village gekommen sind. Zieh jetzt bloß keine voreiligen Schlüsse!

Ich muss unbedingt herausfinden, wer sonst noch in Frage käme. Vielleicht wäre es gut, wenn ich mir eine Liste machen würde: Wessen Familie ist relativ neu in dieser Stadt, wessen Vorfahren wohnen schon seit langem hier, über wen weiß ich überhaupt nicht Bescheid, wen habe ich schon wegen des Zeichens inspiziert – und so weiter und so fort.

Trotzdem muss ich Mary Francis natürlich weiter im Auge behalten. Vielleicht ist sie ja doch …

"Leonie, would you please **repeat** what I've **just explained**?"

repeat wiederholen
just gerade
have explained erklärt habe

Wie? Was? Ach, du lieber Himmel! Spricht Mr Fisher etwa wirklich mit mir?

"Humm … er …" Mehr kriege ich im ersten Schreck nicht heraus. Ich habe nicht die geringste Ahnung, um was es eigentlich geht.

Mir bricht der Schweiß aus.

"Listen!", wispert Danielle. Sie spricht sehr, sehr leise, aber dennoch klar verständlich, beugt sich über ihr Heft und tut so, als würde sie konzentriert etwas von der Tafel abschreiben. Dabei fallen ihr ihre langen, blonden Haare übers Gesicht, sodass unser Lehrer nicht sehen kann, dass sie mit mir spricht.

honest ehrlich
didn't expect habe nicht erwartet
had hatte
impression Eindruck
weren't paying attention hättest nicht aufgepasst

Ich wiederhole laut, was sie mir zuflüstert. Kurz, aber präzise fasse ich die Problematik der Aufgabe zusammen, die er angeschrieben hat. Am Ende komme ich sogar zu einer ganz passablen Lösung.

Mr Fisher nickt anerkennend. "Very good, Leonie. To be **honest**, I **didn't expect** you to be able to give an answer at all, because I **had** the **impression** that you **weren't paying attention**."

Sein Blick schweift in die Runde. "Do you have any questions?"

Während er sich wieder zur Tafel dreht und die Aufgabe abwischt, male ich eine kleine, lachende Sonne an den Rand von Danielles Matheheft.

The Search

Thanks again for helping me", sage ich zu meiner Freundin, als wir nach dem Unterricht zusammen das Schulgebäude verlassen.

"Oh, that was nothing", meint sie. "But you should pay more attention in school – **especially** in maths. It's very important to Mr Fisher that everybody pays attention all the time. Some people say that it's not because he wants us to understand, but because he's a little **bit vain** and wants us to pay attention to *him*."

Ich muss jetzt ebenfalls grinsen. "That sounds like him. But he really does seem to believe that nothing in the world is as important as maths."

"Maybe because he's **the one** doing the teaching!" Danielle kichert immer noch. Wir lassen den Park und das Schwimmbad hinter uns und biegen auf die Straße ein.

"I will pay more attention tomorrow", erkläre ich. "I don't want **everyone** to think I'm a **day-dreamer**."

Sie wirft mir einen nachdenklichen Blick zu. "You're afraid people would **make fun of** you, aren't you?"

search Suche
especially besonders
bit bisschen
vain eitel
the one derjenige
everyone alle
day-dreamer Tagträumerin
make fun of ... sich über ... lustig machen
almost fast

Ich seufze leise. "Sure. I know **almost** nothing about my classmates and they don't know anything about me – I don't want them to get a bad impression."

"**Don't worry** about that", tröstet sie mich. "I do**n't** think **any** girl in our class has anything against you. In fact, most of them seemed to like you **right away**. Cindy thinks you're really nice, too. She told me so yesterday."
"Really?" Ich strahle sie an.
Oh Mann, was hab ich doch für ein Riesenglück!
Inzwischen sind wir auf dem Kirchplatz angekommen und gehen zur Bushaltestelle hinüber.
Sie nickt nachdrücklich. "Actually, I think that one person in our class is *very* **interested** in you." Als ich nur schweigend die Stirn runzele, fährt sie fort: "I'm talking about Greg Parker. Didn't you see him looking at you all the time during lessons? Cindy **noticed** it, too."
Wirklich? "I don't believe that", protestiere ich. "Okay, I met him on my way to school this morning. But that was just coincidence, because he lives **nearby**."
Danielle lacht. "Let's just say that this morning he arrived at school **much** later than he usually does. **Normally** he's one of the first kids here, because he likes to play basketball with his friends in the morning. Today, he was very nearly **late**", fährt sie fort. "And that was because he came to school with you."
Ich bin so überrascht, dass ich sie nur mit großen Augen ansehe. Aber ich komme nicht mehr dazu, ihr zu ant-

Don't worry. Mach dir keine Sorgen.
not any kein
right away sofort
interested interessiert
noticed hat bemerkt
nearby in der Nähe
much viel
normally normalerweise
late spät dran

worten, denn gerade stoppt mein Bus an der Haltestelle und öffnet zischend seine Türen. Doch mein Gesichtsausdruck spricht offensichtlich Bände. Kichernd packt Danielle mich mit beiden Händen an den Schultern, dreht mich um und schiebt mich sanft zur Tür.

"By the way, Cindy and I will be going jogging tomorrow afternoon. Would you like to come with us?", fragt sie noch, während ich einen unsicheren Schritt in das Fahrzeug hinein mache.

first zuerst
will call werde anrufen

"Er … sure", antworte ich. "I'll have to ask my parents **first**, but I don't think they'll have anything against it. **I'll call** you tonight, okay?"

"Do that. See you!", verabschiedet sie sich.

Der Bus schließt seine Türen und fährt ruckelnd an. Ich sinke auf einen Platz in der fünften Reihe und sehe Danielle nach, die mir fröhlich lächelnd hinterherwinkt. So, so, Greg könnte also in mich verknallt sein. Ausgerechnet in mich? Kaum zu glauben! So was ist mir überhaupt noch nie passiert. Also, irgendwie wäre das schon komisch: Kaum bin ich nach Amerika umgezogen, hab ich zum ersten Mal in meinem Leben einen Verehrer. Wenn das wirklich wahr ist, bin ich hier tatsächlich in einer neuen Welt gelandet.

Hmm … und wie denke ich über Greg?

Ja, ich mag ihn. Um ehrlich zu sein: Ich mag ihn sogar sehr. Er ist freundlich, sympathisch und total sportlich. Außerdem sieht er richtig gut aus. Aber bin ich deswegen gleich in ihn verliebt?

Ich hab nicht die geringste Ahnung; ich weiß ja noch nicht einmal, wie Verliebtsein sich eigentlich anfühlt. Ich habe zwar schon mal den einen oder anderen Jungen toll gefunden, meistens jemanden aus den höheren Klassen. Tagelang hab ich ihn dann verstohlen auf dem Schulhof beobachtet, und es hat mir im Bauch gekribbelt, wenn er zufällig in meine Nähe kam. Gekribbelt hat es heute Morgen auch, als ich Greg begegnet bin. Doch hat das wirklich etwas zu bedeuten? Bisher war es mir eigentlich nie so richtig ernst. Ich habe nur ein bisschen für die Jungs geschwärmt, und nach ein paar Wochen war alles schon wieder vorbei. Vielleicht ist das bei Greg genauso. Aber wenn ich ehrlich bin: Ich mag ihn wirklich. Da bleibt mir wohl nichts anderes übrig, als abzuwarten und den sprichwörtlichen Tee zu trinken. Kommt Zeit, kommt Rat, wie man so schön sagt. Ich werde schon sehen.

Ich bin tief in meine Gedanken versunken und bemerke erst im letzten Moment, dass wir meine Haltestelle erreicht haben. Eilig springe ich auf, spurte zum Ausgang und steige aus. Dann gehe ich langsam nach Hause.

Es ist Samstagmorgen, und ich hab meine Hausaufgaben gemacht. Die waren diesmal ein ganz schöner Kraftakt, aber echt! Das lag einerseits daran, dass mir die ganze Zeit über entweder Greg Parker oder das Werwolf-Mädchen durch den Kopf gegeistert sind. Außerdem hat es sich schwer gerächt, dass ich gestern den kompletten Mathe-Unterricht verträumt habe. Es hat mich beinahe eine Stunde gekostet, bis ich das Thema in unserem Schulbuch nachgearbeitet hatte und endlich die Hausaufgaben lösen konnte. Danach noch Englisch und Französisch, und jetzt ist alles geschafft. Schnell packe ich meine Schultasche, dann hab ich so richtig Wochenende. Wird aber auch Zeit! Um halb drei bin ich mit Danielle und Cindy zum Joggen verabredet.

Die beiden haben mir einen besonders schönen Weg versprochen. Er führt um einen kleinen See in der Nähe der Stadt, den wir in etwa zwei Stunden locker umrunden können.

what a was für ein
place Ort

"**What a** beautiful **place**!", rufe ich aus, als wir zu dritt aus dem Bus steigen, der uns vom Kirchplatz in Woodhouse Village zu der Haltestelle am See gefahren hat.

Woodhouse Lake ist ringsum von Wald umgeben. Die Blätter der Laubbäume strahlen rot und orangefarben und golden, dazwischen stehen dunkelgrüne Nadelbäume, die meisten vermutlich Kiefern.

"Yes, it is, isn't it." Cindy strahlt, als wir gemeinsam zum Ufer gehen.

Das Wasser ist sauber und glasklar. Fische schwimmen träge darin herum, Enten paddeln gemütlich auf der Oberfläche oder stecken ihre Köpfe ins Wasser, um nach Nahrung zu suchen. Am anderen Ende der blauen Fläche stürzt ein kleiner Wasserfall in den See, und am Horizont erheben sich die Berge mit ihren bunt bewaldeten Hängen und grasbewachsenen Kuppen.

"Are we going to pass the **waterfall**?", frage ich.
"We certainly are", antwortet Danielle. "**Shall** we **start**?"
"Wait a moment, please!", sage ich. "I'd just like to look around for a minute." Eine Weile stehe ich tatsächlich nur da und schaue.
Über uns schwebt ein Falke, und ein Biber paddelt mit einem Ast im Maul quer über den See. Als er das Wasser verlassen hat, sage ich zu meinen Freundinnen: "That was the first **beaver** I'**ve ever seen** in the wild."
Cindy wirft mir einen beinahe mitleidigen Blick zu. "Really?"
"Yes", gebe ich zu. "I guess there are about as many people living in Germany as there are trees here in Maine. So as **you can imagine** there's not much **space left** for beavers."
"I'm not sure I could feel at home in such an **overcrowded** country", gesteht Danielle.
"Well, I'm **used to** it", erkläre ich.
Aber ich denke mir: Okay, im Moment fühle ich mich hier noch ziemlich fremd. Doch wer weiß? Wenn ich diese wunderschöne, wilde Landschaft sehe, weiß ich schon jetzt nicht mehr, ob ich in Deutschland jemals wieder richtig heimisch werden kann.
Danielle stößt mich mit dem Ellenbogen an. "We're here to jog, aren't we? When can we start?"

waterfall Wasserfall
shall sollen
start anfangen
beaver Biber
ever je
have seen habe gesehen
you can imagine ihr euch vorstellen könnt
space Platz
left übrig
overcrowded überbevölkerten
used to daran gewöhnt

"Right away", antworte ich fröhlich. Wir laufen los, langsam zuerst, um uns ein bisschen aufzuwärmen.

"Danielle doesn't feel relaxed until she**'s run at least** five **miles** a day", erklärt Cindy grinsend.

Ihre Freundin zuckt die Achseln. "I guess you're right. I can't imagine a life without sport."

"Me **neither**", will ich eigentlich sagen, aber da zieht sie mit einem derartigen Tempo davon, dass ich kaum noch mithalten kann.

has run ist gelaufen
at least mindestens
miles Meilen
neither auch nicht
should have brought hätten bringen sollen

Zu meiner Erleichterung bemerke ich, dass es Cindy ähnlich geht. Also halte ich mich neben ihr und lasse Danielle einfach vor uns her spurten. Schließlich will ich ja den ganzen Weg laufen und nicht am Ende hustend und keuchend über Stock und Stein kriechen.

Wir joggen um den halben See und machen am Wasserfall eine kleine Pause.

"Phew!", schnaufe ich. "I'm thirsty now. We **should have brought** something to drink."

"Why would we need to do that?", meint Danielle, geht zum Seeufer, füllt ihre Hände mit Wasser und trinkt.

Mit gerunzelter Stirn sehe ich ihr zu. Ist das Wasser wirklich sauber? Als aber auch Cindy sich hinkniet und trinkt, lasse ich meine Bedenken fallen und geselle mich zu ihnen. Gerade will ich wieder aufstehen, da halte ich inne. Gar nicht weit von uns entfernt tritt ein weiblicher Weißwedelhirsch aus dem Wald. Das schöne Tier sieht

sich um und wittert, doch es scheint uns nicht zu bemerken. Wie auch?, überlege ich. Der Wind weht uns ins Gesicht, er kann unseren Geruch nicht zu der Hirschkuh hinübertragen.
"Don't **move**!", wispert Cindy neben mir.
Da hocken wir also und beobachten, wie das Tier sehr vorsichtig mit leichten, eleganten Bewegungen zum Ufer geht.
Wieder sieht es sich prüfend um.
Was für große, schöne, dunkle Augen es hat!, denke ich. Und wir sind ihm so nahe. Ich kann es kaum fassen!
Die Hirschkuh senkt den Kopf und trinkt.

move bewegen
fantastic fantastisch
while Weile
stiff steif
crouching down Hinhocken

Wir stehen erst wieder auf, als sie im Wald verschwunden ist.
"That was **fantastic**!", murmele ich und schüttele meine steif gewordenen Glieder.
"I think we should walk for a **while** before we start jogging again", schlägt ausgerechnet Danielle vor. "I don't know about you, but I'm a bit **stiff** from **crouching down**."
"Me too", stimmt ihr Cindy zu.
Eine Weile gehen wir stumm nebeneinander her. Ich glaube, anfangs denken wir alle über die Hirschkuh nach. Doch nach ein paar Minuten fallen mir die Werwölfe wieder ein.
Zu welcher Welt gehören sie?, überlege ich. Zu der von uns Menschen, zu Zivilisation, Komfort und Technik?

Oder zu den Rehen und Bibern und Adlern? Vielleicht leben sie auch in beiden Welten. Aber ist das überhaupt möglich?

somewhere irgendwo
else anders
since seit
because of wegen
certain gewissen
strange seltsam
are feeling home-sick hast Heimweh

Wohin würde ich gehören wollen, wenn ich an ihrer Stelle wäre?

"I'd like to start jogging now. How about you?", fragt Cindy.

Ich zucke erschrocken zusammen.

"You were day-dreaming again", stellt Danielle lächelnd fest.

Cindy sieht mich prüfend an. "Actually, Leonie, it's like you've been **somewhere else** most of the time **since** yesterday." Plötzlich huscht ein Grinsen über ihr Gesicht. "Could it be **because of** a **certain** boy in our class?"

Zu meinem Schrecken kann ich spüren, dass ich dunkelrot im Gesicht werde. Wie peinlich!

Zum Glück kommt mir Danielle zu Hilfe. "I'm not sure Greg's the only reason, Cindy. Remember, Leonie only moved here a week ago, so she must find a lot of things here a bit **strange**. How would you feel?"

Cindy sieht mich mitleidig an. "Leonie, **are** you **feeling homesick**?"

Ich zucke die Achseln. "Yes, you're right, I guess I am." Das ist nicht einmal ganz gelogen. Gestern Abend erst habe ich eine Mail meiner deutschen Freundin Sofia gelesen und dabei sogar ein bisschen geheult.

Außerdem kann ich Cindy und Danielle doch unmöglich die Wahrheit sagen. Wie würden die beiden wohl

reagieren, wenn ich jetzt anfangen würde, von Fabelwesen zu erzählen?
"You'll get used to living here", tröstet mich Danielle. "It'**ll** just **take** some time."
Cindy nickt. "That's only **natural**."
Ich seufze. "I guess you're right. But sometimes I think that I'm the only person in school whose family hasn't lived in this town for generations."
Danielle lacht. "Well, you're not. Mary Francis has only been living here for the last three years. And Emily Folkers moved here with her family five years ago. Her parents are **both** doctors. They **took over** old Dr Hodgson's **practice**."
"By the way, be careful with Emily!", wirft Cindy ein. "She can be really difficult."
"Yeah, stay **away** from her if you can", stimmt ihr Danielle zu. "There aren't many girls in our class she **hasn't had it in for yet**."
Sie grinst in sich hinein, bevor sie fortfährt: "That's why she's become so 'popular' recently."
"What Danielle **means** is that most of us girls are only friendly to her because we'**re** a bit **scared of** her and don't want her to make fun of us", erklärt Cindy.
"That's good to know, thank you", bedanke ich mich. "I know all about that kind of girl! I guess there are people like that everywhere."

will take wird dauern
natural natürlich
both beide
took over haben übernommen
practice Praxis
away fern
has had it in for ... es auf ... abgesehen hat
not yet noch nicht
means meint
are scared of vor ... Angst haben

Danielle zwinkert mir zu. "Even in our little town?" Dann fragt sie Cindy: "Is there **anyone else** in our class who wasn't born in Woodhouse Village?"

Cindy denkt kurz nach. "Yes: Nora Hopkins. Nora and her parents are almost **locals**, though; her family's been living here since Nora was a year old."

"She's a very good swimmer", klärt mich Danielle auf. "You should see her move through the water."

"She almost looks like a dolphin", stimmt ihr Cindy zu.

"Is there anybody else?", will ich wissen.

"No. **Apart from** those three, you're the only '**stranger**' here."

"Don't worry", ergänzt Cindy. "Most people here are quite **open-minded** and **curious** when they meet strangers. They don't have a problem with **immigrants**, either – **as long as** they're not wolves who come here and howl all night."

"Thank you **very much**", sage ich. Und in Gedanken füge ich hinzu: Ich glaube, ihr seid echte Freundinnen. Aber ich habe ein schlechtes Gewissen, weil ich die beiden so skrupellos ausgehorcht habe.

"So when are we going to start jogging again, then?", fragt Danielle ungeduldig.

"Now, if you like", erkläre ich und gehe gleich in ein flottes Tempo über.

anyone else sonst noch jemand
locals Einheimische
apart from außer
stranger Fremde
open-minded aufgeschlossen
curious neugierig
immigrants Einwanderer
as long as solange
very much sehr

Als ich nach Hause zurückkomme, beginnt es schon zu dämmern. Wir haben uns in Danielles Zimmer noch meine Handball-DVD angesehen. Die beiden waren ehrlich begeistert und haben mich mit Fragen gelöchert. Mein Vater holt mich wie versprochen von der Bushaltestelle ab. Zu Hause angekommen, essen wir, und dann finde ich endlich Zeit, eine Liste der Mädchen zu machen, die als mögliche Werwölfinnen in Frage kommen. Ich setze mich an den Schreibtisch.

"Hm", murmele ich leise. "Viele sind es ja gerade nicht. Nur Mary Francis, Emily Folkers und Nora Hopkins."

Ich schreibe die Namen auf und notiere mir bei Mary Francis gleich dazu: "Beim Umkleiden kein Zeichen bemerkt." Was aber bekanntlich nicht unbedingt etwas heißen muss. Und jetzt?

"Aouuuh!"

Ich fahre zusammen. Das Heulen war ganz nah bei unserem Haus! Draußen ist es jetzt schon stockdunkel. Ob das die Werwölfe sind? Und ob sie mich rufen?

Vorsichtig schleiche ich die Treppe hinunter, ziehe mir im Flur Schuhe und Jacke an, nehme den Schlüssel vom Haken und öffne die Haustür.

Meine Eltern hocken mal wieder im Keller über ihren Filmen und haben nichts gehört. Wenn ich leise bin, werden sie bestimmt auch nicht bemerken, dass ich das Haus verlasse. Zwar glauben sie nicht an die Mär vom "bösen Wolf", trotzdem hätten sie bestimmt etwas dagegen, dass ich gerade dann aus dem Haus gehe, wenn kurz zuvor ganz in der Nähe einer geheult hat.

Draußen ist es fast still. Nur der Wind flüstert wieder in den Bäumen und treibt raschelnd ein paar Blätter über die Wiese. Warum ist mir bloß so mulmig zumute? Mein Herz schlägt schon wieder Alarm.
Tatsächlich erschrecke ich ein wenig, als plötzlich zwei Wölfe vor mir aus dem Gebüsch treten. Erst auf den zweiten Blick erkenne ich, dass es sich wieder um den hellen Wolf und um den älteren mit der grauen Schnauze handelt.
Good evening.
"Hello", sage ich leise. "Why have you come? Is there something I need to know?"
That's what we want to ask you.
Ich setze mich vor den beiden auf einen großen Stein. "I've found out that only three of the girls in my class were not born in Woodhouse Village. Their names are Mary Francis, Emily Folkers and Nora Hopkins."
Der helle Wolf senkt den Kopf. Beinahe habe ich das Gefühl, als könne ich seine tiefe Erleichterung spüren.
One of them must be my daughter.
"I guess so", antworte ich.
*We'**ve made** some **progress at last**. We're very **grateful** to you*, ergänzt der alte Wolf.
"What will you do now?", will ich wissen.
*We'll watch the girls **closely.** You should keep your eyes open, too. It's very important that you keep looking for the mark.*

have made haben gemacht
progress Fortschritte
at last endlich
grateful dankbar
closely genau

"I will."

Well, that's good, erklärt der helle Wolf. *But time is short.* ***Within** the next few days my daughter will change into a wolf for the first time in her life. It could even happen tonight. If her parents see this happen to her without **warning**, or if **hunters get onto her track** …*

Du musst furchtbare Angst um dein Kind haben, denke ich mitleidig. Erst, als mir der helle Wolf in die Augen sieht, fällt mir wieder ein, dass er ja meine Gedanken lesen kann. Unwillkürlich frage ich mich, wie er wohl in seiner Menschengestalt aussehen mag. Vielleicht sieht er seiner Tochter sogar ein bisschen ähnlich?

Wieder hat er mich sofort verstanden.

If you ever saw us in our human shape, it would be very dangerous for us, and for you, too, erklärt er.

Und dann schieben sich Bilder vor mein inneres Auge. Ich stehe in einem Gewölbe. Fackeln erleuchten es nur schwach; ich ahne mehr als dass ich es sehe, dass sich ganz in meiner Nähe eine altertümliche Tür aus schweren Holzbohlen befindet. Sie ist verschlossen. Dennoch höre ich aus dem Raum dahinter das Zischen und Knallen von Peitschenschlägen und die Schmerzensschreie einer gefolterten Frau. Quälend lange geht das so, dann ruft eine weibliche Stimme: "I **confess**! I confess! My husband is a werewolf. But he **does no harm**, he even protects our village!"

within innerhalb
warning Warnung
hunters Jäger
get onto her track ihr auf die Spur kommen
confess gestehe
does no harm richtet keinen Schaden an

Und wieder knallt die Peitsche, immer und immer wieder.

Dann höre ich wieder die zitternde Stimme der weinenden Frau: "Please, no more! I'll confess! He **worships** the **Devil**!"

Schnelle Schritte nähern sich der Tür. Sie fliegt auf, und zwei grobschlächtige Männer in eigentümlichen Pluderhosen stürmen heraus, ohne mich eines Blickes zu würdigen.

Einer von ihnen ruft laut: "Call the Inquisitor! **Tell** him that we know who the werewolf is! He must be **arrested at once**!"

worships verehrt
Devil Teufel
tell sag
arrested verhaftet
at once auf der Stelle

Ich trete einen Schritt vor und schaue in den düsteren Raum.

Auf den groben Steinen des Fußbodens liegt eine Frau. Dunkelrotes Blut fließt in einem Rinnsal über die Erde. Es stammt von der zerfleischten Masse, die einst ihr Rücken gewesen ist.

Dann ist die Vision vorbei.

Keuchend vor Abscheu und Entsetzen hocke ich auf meinem Stein und starre vor mich hin. Es gibt keinen Zweifel: Ich muss gerade ein Ereignis aus der Zeit der Hexenverfolgungen mit angesehen haben.

Nach einiger Zeit bringe ich mit Mühe hervor: "How can you know about that?"

We were there.

Erschrocken schnappe ich nach Luft. "But … but you would have to be as old as the hills!"

Most of us are ***hundreds*** *of years old. We* ***age*** *much more slowly than you. That is, if we're not killed by humans.*
Bestürzt schüttele ich den Kopf. Auf einmal schäme ich mich dafür, ein Mensch zu sein.
"You're right", erkläre ich. "If I **knew** your human faces, it would be much too dangerous for all of us."
Aus einem Fenster im Erdgeschoss unseres Hauses scheint plötzlich Licht. Meine Eltern haben die Arbeit beendet und den Keller verlassen.
Ich stehe auf, langsam, denn ich habe immer noch weiche Knie.
"I have to go in now", erkläre ich. "If I don't, my parents **will wonder** where I am. Shall we meet tomorrow?"
No, I'm sorry. There will be a big storm tomorrow. We'd prefer to stay in a ***safe hiding-place****.*
Werwölfe können das Wetter vorhersagen?
Der alte Wolf sieht mich an.
When we're in our wolf shape, we can smell when the weather is going to change.
Ich atme tief durch. "See you **the day after tomorrow,** then."
I cannot tell you how grateful we are to you, lässt mich der helle Wolf wissen.
"I'll come out into the garden at the same time as I did today", schlage ich vor. "It's better if you don't call me.

hundreds Hunderte
age altern
knew kennen würde
will wonder werden sich fragen
safe sicheren
hiding-place Versteck
the day after tomorrow übermorgen

And please try not to **draw attention to yourselves** over the next few days. People in Woodhouse Village know that there are wolves here. Some of them are afraid, even people who don't want them to be killed for no reason. You must be very careful!"

Thank you for the warning, erwidert der alte Wolf.

Ich höre, wie hinter mir die Haustür geöffnet wird.

"Leonie, bist du draußen?", erklingt die besorgte Stimme meines Vaters.

draw attention to yourselves
Aufmerksamkeit auf euch ziehen

Ich wende den Kopf und rufe: "Ja, ich komme. Ich habe nur kurz ein bisschen frische Luft geschnappt."

Als ich mich wieder umschaue, sind die Wölfe im Unterholz verschwunden.

Langsam gehe ich über die Wiese zurück.

Mein Herz schlägt immer noch wild. Die Szene, die ich gesehen habe, war zu schrecklich, als dass ich sie einfach aus meinem Kopf verbannen könnte.

Was würde man wohl heute mit einem Menschen machen, der sich als Werwolf entpuppt?, frage ich mich. Vermutlich würde es ihm nicht viel besser ergehen als damals, als man Wesen, die man für Werwölfe hielt, gefoltert und verbrannt hat. Möglicherweise würde man ihn aber auch sein Leben lang an einem geheimen Ort gefangen halten. Denn wenn der Rest der Menschheit erfährt, dass es solche "Fabelwesen" wirklich gibt, würde wahrscheinlich eine Massenpanik ausbrechen.

Ich muss das Werwolf-Mädchen finden, bevor es zu spät ist.

Warning

"I **don't care** if the **law** says that wolves are **protected** animals. Someone should take a gun and kill those beasts that **are roaming** around our forest."

Erschrocken bleibe ich stehen.

Es ist Montagmorgen. Gerade bin ich ziemlich verschlafen aus dem Schulbus gestiegen, doch jetzt bin ich plötzlich hellwach.

Die Stimme gehört einer fetten Dame um die fünfzig, die mit einem älteren und einem jüngeren Mann zusammensteht und offensichtlich gerade mit ihnen die neuesten Neuigkeiten und Ansichten austauscht.

Ich sinke auf die hölzerne Bank im Wartehäuschen der Bushaltestelle und spitze die Ohren.

"Well, you know what? I **went** out hunting the wolves **the day before yesterday**", sagt der junge Mann. "But you mustn't talk to anyone about it. If you do, we'll have those **stupid conservationists on our backs**."

Keiner von den dreien scheint mich bemerkt zu haben. Die Wände des Wartehäuschens sind nicht aus durchsichtigem Glas oder Kunststoff, sondern aus dünnen Holzbrettern.

I don't care es ist mir egal
law Gesetz
protected geschützte
are roaming herumstreifen
went bin gegangen
the day before yesterday vorgestern
stupid dummen
conservationists Naturschützer
on our backs am Hals

Vorsichtig schiebe ich meinen Kopf um die Ecke, um die drei näher in Augenschein nehmen zu können.
Der alte Mann ist groß und hager. Er hat helle, ein bisschen hervorstehende Augen und trägt eine Baseballkappe. Der Jüngere ist kleiner und schleppt einen unübersehbaren Bauch vor sich her. Seine Arme sind muskulös, sein Gesicht ist fleischig, und er hat auffällig dicke Lippen.
Ich bin froh, dass ich die Wölfe vorgestern noch einmal gewarnt habe. Diesen Typen möchte ich auf gar keinen Fall bei Nacht und Nebel über den Weg laufen!
"I went with him", erklärt der Alte voller Stolz. Mich durchfährt ein eiskalter Schreck, als ich höre, dass sie tatsächlich einige Wölfe aufgestöbert und sogar auf sie geschossen haben.
Der junge Mann zuckt die Achseln und fügt hinzu: "The dogs didn't find any **blood**. So we **probably didn't hit** any of them."
Gott sei Dank! Erleichtert lehne ich meinen Kopf gegen die Holzwand des Wartehäuschens. Aber dann wird mir siedendheiß klar, was der Typ gerade gesagt hat: Die Männer sind nicht allein, sie haben Hunde! Dabei haben doch die Werwölfe den Hund zum besten Freund des Menschen gemacht … Doch die Hunde können nichts dafür. Sie gehorchen ihren Herren, weil sie instinktiv darauf vertrauen, dass Menschen die Klügeren sind und das Richtige tun. Aber diese Kerle da drüben … die sind garantiert dümmer als ihre Hunde.

blood Blut
probably wahrscheinlich
didn't hit haben nicht getroffen

Wütend balle ich meine Hände zu Fäusten. Ob ich der Polizei Bescheid geben soll oder den Leuten vom Department of Wildlife? Schließlich stehen Wölfe unter Naturschutz. Aber die Kerle könnten ganz einfach behaupten, dass ich gelogen hätte und dass sie gar nicht auf der Jagd gewesen seien. Mir fehlen jegliche Beweise. Nein, es hat keinen Zweck, sie anzuzeigen. Wenn ich das täte, würde ich wahrscheinlich ganz schön dumm dastehen.
Also kann ich gar nichts tun. Nichts, außer das Beste zu hoffen und weiter nach dem Werwolf-Mädchen zu suchen.
Die drei unterhalten sich inzwischen nicht mehr über Wolfsjagd, sondern über einen Nachbarn, der angeblich eine neue Freundin hat.
Ich werfe einen Blick auf meine Armbanduhr und stelle fest, dass in zehn Minuten die Schule beginnt. Das wird knapp!

overslept habe verschlafen

Ich stehe auf und gehe eilig los.
"Morning!"
Das ist Greg!
Er kommt mit schnellen Schritten aus der Seitenstraße und gesellt sich zu mir.
Ob er auf mich gewartet hat? Ich spüre, dass mir ein bisschen warm im Gesicht wird. Kein Wunder, schließlich freue ich mich total, ihn zu sehen. In meinem Bauch kribbelt es schon wieder.
"Hi!", begrüße ich ihn. "You're late, aren't you?"
"I **overslept**", meint er leicht verlegen. "And you?"

"I was listening to some people talking at the **bus stop**. They want the wolves to be killed", erkläre ich. "Two of them even went hunting the evening before last. They said they **managed** to find some wolves, but it seems that the animals **escaped**."

"**Luckily**!" Er freut sich ehrlich. "So that's why you were looking so **pale** a moment ago. But there's some colour in your face again now."

Ach Greg, wenn ich jetzt rote Wangen habe, dann liegt das nur an dir, denke ich.

Doch er sieht mich nicht an, sondern runzelt nachdenklich die Stirn.

"I **bet** I know who those two guys were", meint er dann. "Was one of them quite old, **kind of skinny** and **bug-eyed**?"

"Yes, exactly", nicke ich.

"That's Conan Miller. The other one was probably a bit younger", fährt er fort. "Was he fat, with very big **lips**?"

"Right again."

"That's Roy Hopkins, Conan's **nephew**", erklärt er. "They're not the most intelligent people, but I guess they don't know that. Anyway, they **boast** that they're fantastic hunters and that they have the best hunting dogs for miles, when in fact all they**'ve taught** those dogs is how to bite."

bus stop Bushaltestelle
managed haben es geschafft
escaped entkommen sind
luckily zum Glück
pale blass
bet wette
kind of irgendwie
skinny mager
bug-eyed glotzäugig
lips Lippen
nephew Neffe
boast prahlen
have taught beigebracht haben

"I can imagine", brumme ich frustriert.
Und im Stillen denke ich mir: Vielleicht hätten die Werwölfe die Freundschaft zwischen Mensch und Hund besser nicht gestiftet? Andererseits sind ja zum Glück längst nicht alle Hundebesitzer solche aufgeblasenen Idioten.
"You should tell the police. Wolves are protected by law, so you'd have every reason to", sagt Greg.
Ich erkläre ihm, wie ich darüber denke, und widerwillig stimmt er zu. "But I can't **stop** wondering what else I could do", gestehe ich.
"Nothing, **I'm afraid**", meint Greg. "**Unless** you want to **patrol** the forest at night and try to catch hunters? It would be a better idea to put up signs to **warn** the wolves!" Amüsiert grinst er in sich hinein.
Letzteres habe ich tatsächlich schon so gut wie erledigt, denke ich. Aber laut sage ich: "I'll talk to my parents. Maybe they'll know what to do."
"That's a good idea", beginnt Greg, doch er wird vom Schulgong unterbrochen. "Oh no – we're going to be late for the second time in two days! Come on, Leonie, run!"
Wir spurten los, so schnell wir können.

"Hi. **Do you mind** if I **join you**?", frage ich die Mädchen, die in der Pause am Rande des Basketballfeldes stehen und den Jungs zusehen.

stop aufhören
I'm afraid fürchte ich
unless es sei denn
patrol patrouillieren
warn warnen
do you mind macht es euch was aus
join you mitmache

Einer von ihnen ist natürlich Greg. Gerade spurtet er mit dem Ball in der Hand los, springt und ... Korb! "Bravo!", rufen wir Mädchen im Chor.
Greg dreht sich zu uns um; er sieht mich und strahlt mich an. Ich lächle zurück, mein Herz macht einen kleinen Hüpfer, und in meinem Bauch beginnt es schon wieder zu kribbeln.
Dabei ist Greg eigentlich gar nicht der Grund, warum ich hierher gekommen bin. Ich hab mich bewusst genau neben Emily Folkers gestellt, damit ich endlich eine Gelegenheit habe, sie aus der Nähe zu inspizieren. Der Blick, den sie mir zuwirft, gefällt mir allerdings überhaupt nicht.
Hat sie bemerkt, wie Greg mich angesehen hat? Aber wenn sie sich wirklich darüber ärgert, dann heißt das ja, dass sie auch in ihn ... Stop, Leonie!, ermahne ich mich. Zieh nicht gleich solche Schlüsse! Wahrscheinlich bist du einfach nur viel zu empfindlich.
Inzwischen hat Emily ihre Augen schon wieder auf das Spielfeld gerichtet. Ich beginne sie vorsichtig und möglichst unauffällig zu mustern.
Weil heute ein schöner, warmer Septembertag ist, trägt sie nur knielange Shorts und ein ärmelloses T-Shirt. Ihr Sweatshirt hat sie ausgezogen und sich über den Arm gehängt. Dennoch entdecke ich nichts, was einem "Wolfszeichen" auch nur annähernd ähnlich sehen könnte.
Die Jungs rennen gerade auf die andere Seite des Spielfeldes, und ich nutze die Gelegenheit, um an Emilys

rechte Seite zu wechseln. Doch bevor ich mich ihr wieder zuwenden kann, gelingt es Greg, den Wurf eines Gegners zu vereiteln und den Ball für seine Mannschaft zurückzugewinnen.

Prompt brülle ich ebenso spontan wie lautstark: "**Well done**, Greg!"

Well done!
Gut gemacht!

Wieder strahlt er mich an, der Stolz sprüht geradezu aus seinen Augen – und der Blick, den Emily mir zuwirft, spritzt Gift und Galle.

Unwillkürlich trete ich einen Schritt zurück. Prüfend lasse ich meinen Blick über ihre rechte Körperseite schweifen. Nichts.

Weil ich mich neben Emily so unwohl fühle, verdrücke ich mich ganz schnell wieder. Lieber schließe ich mich Danielle an, die gerade mit Cindy den Spielfeldrand verlässt. Gemeinsam lassen wir uns auf einer Bank an der Schulhofmauer nieder, von der aus ich Emily aus einiger Entfernung beobachten kann.

Tatsächlich, ihre Augen kleben geradezu an Greg.

Er wirft gerade den Ball einem Teamkameraden zu, der ihn zielsicher in den Korb befördert. Die Mädchen jubeln, und Emily schreit: "Warren, that was great! Go, Greg!"

Schlagartig wird das leise Kribbeln in meinem Bauch zu einem unangenehmen Kneifen. Emily ist alles andere als hässlich, muss ich mir widerwillig eingestehen. Und ein irgendwie geartetes Zeichen des Werwolfes habe ich auch nicht auf ihrem Körper entdeckt. Obwohl: Unter ihr T-Shirt und ihre Shorts konnte ich ja nicht schauen.

Also, eigentlich wäre es mir ja ganz recht, wenn ausgerechnet sie das gesuchte Mädchen wäre, denke ich gehässig. In eine Werwölfin würde Greg sich nämlich auf gar keinen Fall verlieben.

Oh dear! Oje!
let … know sage … Bescheid
good-looking gut aussehenden
say sagen wir
about ungefähr
pack Rudel

Danielle stößt mich an. "Hey, you're day-dreaming again", ermahnt sie mich.
"**Oh dear**!", sagt Cindy. "Are you feeling homesick?"
"A bit", gestehe ich.
"Maybe we could do our homework together this afternoon and go jogging after that", schlägt Danielle vor.
Ich strahle sie an. "That's a really good idea. I'll call my parents after school and **let** them **know**. But I can only stay until half past seven, because I have to meet someone tonight." Ich habe ja noch eine Verabredung heute Abend. Mit den Werwölfen.
"Aha", meint Cindy mit hochgezogenen Augenbrauen. "Could it be with a very **good-looking** boy … **say, about** thirteen years old?"
Jetzt muss ich doch grinsen. "Actually, it's not a boy at all. I'm going to meet a **pack** of werewolves."
Cindy macht große Augen. Danielle beginnt schallend zu lachen. Als sie wieder Luft bekommt, bemerkt sie schnaufend: "Well, Cindy, you did ask!"
Dabei habe ich doch nur die Wahrheit gesagt, die reine Wahrheit und nichts als die Wahrheit!
Es klingelt, und wir stehen auf.

Es ist schon Viertel vor acht, als wir vor unserem Haus halten. Ich helfe meinem Vater noch schnell, die Einkäufe, die er in Woodhouse Village gemacht hat, in die Küche zu tragen und wegzuräumen.
Es war wirklich ein schöner Nachmittag. Wir sind an einem Flüsschen entlanggejoggt, und danach haben wir bei Cindy zusammengesessen und geredet und herumgealbert, bis Papa mich abholen kam. Jetzt wird es allerdings Zeit, dass ich mich recht bald möglichst unbemerkt oder mit einem guten Vorwand in den Garten verdrücke. Es ist schon fast dunkel.
"Hast du großen Hunger?", fragt mein Dad.
Ich stelle eine Büchse mit Bohnen ins Regal. Nein, das habe ich wirklich nicht. Eben bei Cindy gab es Kuchen. Eher bin ich aufgeregt, weil draußen vielleicht schon jemand auf mich wartet. Himmel noch mal, wie komme ich bloß hier raus, ohne Verdacht zu erregen?
"Mama sitzt immer noch im Keller und plant die nächsten Termine für unsere Filmaufnahmen", sagt Papa. "Wenn ich ihr ein bisschen helfe, sind wir bestimmt bald fertig. Danach essen wir dann zusammen den Rest von dem Kartoffelsalat, den sie heute Mittag für uns gemacht hat, und dazu ein paar Würstchen, okay?"
"Ja, klar", antworte ich und habe alle Mühe, meine Erleichterung zu verbergen.
Aus den Augenwinkeln beobachte ich, wie mein Vater die Küche verlässt und die Treppe hinuntergeht. Als ich unten die Türe zuschlagen höre, bin ich bereits im Flur. Eilig ziehe ich meine Jacke und meine Schuhe wieder an

und drücke mich möglichst geräuschlos durch die Haustür hinaus ins Freie. Draußen ist es wirklich sehr dunkel. Feine Nebelschwaden ziehen aus dem Wald über die Wiese und wabern um meine Füße.
Erschrocken bleibe ich stehen. Sind da wirklich glänzende Augen im Dickicht? Mein Herz klopft schneller. Nur wenige Schritte gehe ich weiter, da lösen sich auch schon zwei Schatten aus dem Gebüsch.
Der helle und der alte Wolf schauen mich erwartungsvoll an.
"Hello", sage ich leise. "I'm sorry I'm late. I couldn't **leave** the house before."
*That's **all right**.* Das war der alte Wolf.
"Have you found out anything new?", möchte ich wissen.
Traurig sehen mich die beiden an.
We met some hunters the night before last, berichtet der Alte. *There were two of them. They had a pack of dogs with them, and they **shot at** us. One of us was nearly killed.*
"I know", gestehe ich bedrückt. "This morning I heard two **men** telling a woman what they**'d done**. One of them was an **elderly** man, tall and skinny. The other one was younger, smaller, and quite fat."
*Those were the two who **chased** us,* erklärt der Helle, und Zorn blitzt in seinen Augen.
"I found out that they're an uncle and his nephew, called Conan Miller and Roy Hopkins", sage ich.

leave verlassen
all right in Ordnung
shot at haben angeschossen
men Männer
had done gemacht hatten
elderly älterer
chased gejagt haben

Thank you for the information. They are stupid and brutal men. They like to boast, and are even ***cruel*** *to their* ***own*** *dogs. But they have guns, so they are dangerous.*
"You're right", erwidere ich. "Please be careful! They may go hunting again tonight."
Thank you for your **concern**, sagt der alte Wolf. *Do you have any* ***news*** *for us?*
Ich zucke die Achseln. "This morning, I managed to take a good look at Emily Folkers. She was only wearing shorts and a T-shirt, but I couldn't see the mark of the werewolf on her body. **Whatever** that **means**."
Der helle Wolf senkt den Kopf.
And I've taken a look at every one of the three girls you told me about. They don't look anything like me, or my ***dead*** *mate. To be honest, none of them seems* ***familiar*** *to me at all.*
"But it has to be one of them!", rufe ich, dann fahre ich leiser fort: "I mean, some children **don't take after** their parents, but they probably look like some long-dead **ancestor**."
Of course, erklärt der Alte. *But that doesn't make things any easier for us. To be absolutely sure, one of us needs to try to get very* ***close*** *to each of the girls* ***while*** *he is in his wolf shape*, fügt der andere hinzu. *He'd be able to smell which one carries the* ***scent*** *of the wolf. But it's almost* ***impossible*** *for us to do that.*

cruel grausam
own eigenen
concern Besorgnis
news Neuigkeiten
whatever was auch immer
means bedeutet
dead tote
familiar vertraut
don't take after geraten nicht nach
ancestor Vorfahre
close nah
while während
scent Geruch
impossible unmöglich

It would be much too dangerous, bestätigt der Alte.

"Please be careful!", bitte ich sie noch einmal. Fast hätte ich noch hinzugefügt, dass sie besonders bei Emily Folkers aufpassen müssen, weil sie so eine üble Zicke ist. Aber dann fällt mir ein, dass sie ja die Tochter des hellen Werwolfes sein könnte. Und ihm will ich ganz bestimmt nicht wehtun!

Ich werfe den beiden einen schnellen Blick zu. Diesmal scheinen sie sich zum Glück nicht die Mühe gemacht zu haben, in meinen Gedanken zu lesen.

whoever wer auch immer
may mag
unfortunately leider
lives Leben

Also fahre ich fort: "Tomorrow, I'll try to take a look at Nora Hopkins. But if I don't find a mark on her body, I have no idea what else I can do."

You're doing all you can, beruhigt mich der helle Wolf. *We will keep patrolling the area. Some of us will watch the homes of the three girls, too.* ***Whoever*** *she* ***may*** *be – if she's going to change into a werewolf tonight, we must be near her.*

Aber vielleicht sind die Wolfsjäger unterwegs, denke ich alarmiert.

An dem Aufblitzen seiner Augen merke ich, dass er mich verstanden hat.

We can't do anything about that, ***unfortunately****.*

Remember, this girl is one of us, erklärt der Alte. *She's part of our pack. She is as important to us as our own* ***lives*** *are.*

Caught Out

Erschrocken fahre ich aus dem Schlaf. Habe ich eben wirklich einen Gewehrknall gehört? Oder habe ich das nur geträumt? Ich muss geschlafen haben. Im Traum habe ich zwei dunkle Gestalten durch den Wald schleichen sehen, begleitet von großen Hunden, die geifernd und mit gefletschten Zähnen durch das Unterholz liefen. Dann war da plötzlich ein blutender, schwer verletzter Wolf, der sich in seinem Todeskampf in einen Menschen verwandelte. Jetzt pocht mein Herz immer noch wie wild. Liegt das wirklich nur an diesem schrecklichen Albtraum, oder war da tatsächlich …?

Mein Blick fällt auf den Wecker neben meinem Bett. Es ist erst halb elf. Also kann ich höchstens eine Stunde geschlafen haben. Falls man diesen Höllenritt überhaupt Schlaf nennen kann.

caught out ertappt

Auf der Treppe höre ich leise Schritte. Meine Eltern kommen herauf, vermutlich wollen sie gerade ins Bett gehen.

Kurz entschlossen stehe ich auf und gehe zu ihnen.

"Bist du immer noch wach?", fragt meine Mutter erstaunt.

"Kein Problem", erkläre ich und versuche, möglichst gelassen zu wirken. "Bis eben hab ich tief und fest geschlafen. Aber … also, ich glaube, dass ich einen Gewehrschuss gehört habe. Oder war das nur ein Traum? Habt ihr auch etwas davon mitbekommen?"

Mein Vater lächelt. "Ich fürchte, du hast wirklich einen Albtraum gehabt. Wir haben nichts gehört – wenn man von dem Krächzen einer Krähe vor unserem Wohnzimmerfenster absieht."

why on earth warum um Himmels willen
nervous nervös

Ich bin so erleichtert, dass ich mich an den Türpfosten lehne.

"Die Sache mit diesen Wolfsjägern ist dir mächtig an die Nieren gegangen, nicht wahr?", fragt meine Mutter. "Wir sind froh, dass du uns davon erzählt hast."

"Geh einfach wieder ins Bett und schlaf", fordert mich Papa auf. "Morgen reden wir mit den zuständigen Wildhütern. Bestimmt können die etwas gegen diese Spinner unternehmen."

"Ja. Gute Nacht", murmele ich. Jetzt, wo ich weiß, dass hier nirgendwo blutrünstige Jäger herumschleichen, bin ich plötzlich sehr müde. Ich gehe zurück in mein Bett und krieche unter die noch warme Decke.

Doch ich brauche eine Weile, bis ich wieder einschlafen kann. Viel zu lebhaft stehen mir noch die Bilder aus meinem Traum vor Augen. Wer weiß schon, ob sich nicht gerade jetzt irgendwo in dem riesigen, dunklen Wald um Woodhouse Village ähnlich furchtbare Szenen abspielen?

Aber draußen ist es ganz still. Und irgendwann fallen mir tatsächlich wieder die Augen zu.

"**Why on earth** are you so **nervous** today?", frage ich Danielle genervt.

Es ist Dienstagvormittag, und wir sitzen zusammen im Geschichtsunterricht. Das heißt, Danielle sollte eigentlich sitzen. Aber sie kippelt die ganze Zeit über mit ihrem Stuhl. Eben, in Mathe und Chemie, hat sie auf ihren langen Haaren herumgekaut, und vorher hat sie so lange ihren Bleistift traktiert, bis der mit einem leisen Knacken zerbrochen ist. Was ist nur heute mit ihr los? Ihren besten Tag hat sie jedenfalls nicht.

Ich habe allerdings auch schon bessere Laune gehabt. Der Tag begann nämlich ausgerechnet damit, dass Greg auf dem Schulweg ein paar Meter vor mir herging … und sich angeregt mit Emily Folkers unterhielt! Okay, er hat mich nicht gesehen, sonst wäre er vielleicht stehen geblieben und hätte auf mich gewartet. Trotzdem hat mich die Wut gepackt.

Emily, du verdammtes Biest, habe ich gedacht.

Aber dann fiel mir ein, dass ausgerechnet sie vielleicht die Werwölfin sein könnte. Da wäre das Wort "Biest" ja wohl völlig unpassend. Gleichzeitig hab ich mir heftig gewünscht, dass Emily wirklich der Werwolf wäre und dass sie nach ihrer Verwandlung Woodhouse Village mit ihrem Rudel für immer verlassen würde.

Aber auch diesen Gedanken habe ich schnell wieder weggeschoben. Aufgewühlt und mit schlechtem Gewissen bin ich am Park vorbei zur Schule gegangen. Und nun sitze ich neben Danielle, die wirkt, als hätte sie heute Morgen zehn Kannen Kaffee in sich hineingeschüttet. Gerade sieht sie mich mit großen Augen an und wispert: "I'm sorry."

"**Is something wrong**?", will ich wissen, denn so langsam mache ich mir ernsthaft Sorgen.
Sie runzelt die Stirn. "No ... not at all, really. I've no idea what's wrong with me. This morning, I **woke up** at five o'clock. Since then, I've just been feeling really **wound up**." Sie macht eine wegwerfende Handbewegung. "You know what? **I've got** athletics training this afternoon. That**'ll calm** me **down**."
"Everyone has a bad day now and then", tröste ich sie. "Shall we meet up again tomorrow afternoon? Maybe we could go swimming **for a change**."
Sie lächelt mich an. "Are you trying **to take my mind off things**? That's very nice of you. I have to go to the **hairdresser** tomorrow, though."
Zum Friseur? Danielle mit ihrem schönen langen blonden Haar?
"You**'re** not **going to cut off** your hair?", will ich sie gerade fragen, da knurrt uns unsere Geschichtslehrerin ärgerlich an.
"Danielle, Leonie, concentrate on your lesson!"
Danielle wirft mir einen schuldbewussten Blick zu, wendet sich der Tafel zu und gibt sich alle Mühe, die Ohren zu spitzen.
Aber nicht lange. Die Stunde ist noch nicht zu Ende, da kippelt sie schon wieder mit ihrem Stuhl.

Is something wrong? Ist was?
woke up bin aufgewacht
wound up überdreht
have got habe
will calm ... down wird ... beruhigen
for a change zur Abwechslung
to take my mind off things mich abzulenken
hairdresser Friseur
are going to cut off wirst abschneiden

Endlich ertönt der Pausengong. Ich brauche ein bisschen Abstand von Danielle, darum verziehe ich mich rasch und halte auf dem Schulhof Ausschau nach Nora Hopkins.

"Hi, Leonie!"

Greg! Erfreut drehe ich mich zu ihm um.

Da steht er, nur ein paar Schritte von mir entfernt. Und die schreckliche Emily Folkers ist weit und breit nicht zu sehen. Mein Herz macht einen kleinen Hüpfer. Er lächelt mich an, seine grünen Augen blitzen.

missed you habe dich verpasst
help Hilfe
round vorbei
everything alles
instead stattdessen
furniture Möbel
delivered geliefert

"Hello! I **missed you** this morning", gesteht er ohne Umschweife. "Emily needed my **help** with her English homework, so she came **round** on the way to school. I explained **everything** to her on the way. But … er … would you like to go out for an ice cream this afternoon?"

Was? Wie? Hat er mich etwa gerade wirklich zum Eisessen eingeladen? Und ausgerechnet heute kriegen wir neue Möbel, und ich habe meinen Eltern versprochen, beim Aufbauen zu helfen. Was für ein Riesenpech!

"Well, er …" Was bin ich doch für eine blöde Gans! Kaum finde ich einen Jungen nett, weiß ich schon nicht mehr, was ich zu ihm sagen soll! "Do you have time tomorrow **instead**? Because …" Ich hole tief Luft. "We're having some new **furniture delivered** this afternoon, and I promised my parents I'd help", erkläre ich einigermaßen flüssig. "I mean, I'd prefer to …"

"I understand. Tomorrow's okay, too", meint er schnell. "We could meet at the **ice cream parlour** after school. Say, at five o'clock?"

"Why not?", erkläre ich glücklich. "**I'm looking forward to it**."

ice cream parlour Eisdiele
am looking forward to it freue mich drauf
has finished ist aus
drank hat getrunken

Na gut, sage ich mir, während ich mit Greg zum Basketballfeld gehe, er mag zwar Emily die Hausaufgaben erklären, aber *mich* lädt er zum Eisessen ein. Das ist ja wohl ein riesiger Unterschied.

Unter den Körben haben sich schon ein paar Jungs versammelt. Am Rand des Feldes wartet wie immer eine Gruppe Mädchen. Eine von ihnen ist Emily Folkers. Als sie mich mit Greg sieht, schießen Blitze aus ihren Augen. Ich stelle mich neben Cindy, die ein gutes Stück weit von ihr entfernt steht.

"Danielle is really wound up today, isn't she?", fragt mich Cindy irgendwann.

"She really is", antworte ich. "She made me quite nervous during class. It wasn't easy sitting next to her this morning, and school **has**n't even **finished** for the day."

"I've never seen her like this before", sagt Cindy und runzelt besorgt die Stirn.

"I asked her if there was anything wrong", erkläre ich. "But she just said no."

Greg's Gegenmannschaft hat den ersten Korb geworfen, und wir klatschen Beifall.

"Maybe she **drank** a cup of coffee this morning for the first time in her life", vermutet Cindy grinsend.

Ich muss auch lächeln. "I had the same idea. But to get this wound up she'd have to drink buckets."
Greg hat den Ball! Er spurtet zum Korb, springt und … trifft!
"Bravooo!" Fröhlich hüpfe ich auf und ab.
Greg strahlt mich an. Emily dagegen macht ein Gesicht, als würde sie mir die Pest an den Hals wünschen. Aber das ist mir jetzt so was von egal …

Eilig laufe ich die breite Holztreppe der Schule hinunter, um pünktlich zum Bus zu kommen. Ausnahmsweise gehe ich heute nicht mit Danielle; sie hat sich gerade von mir verabschiedet, weil sie mit ihrer Mutter einkaufen gehen will. Aber vielleicht war das nur ein Vorwand, damit sie so schnell wie möglich losspurten und wenigstens einen Teil ihrer überschüssigen Energie loswerden kann. Ich gehe am Park vorbei, und eher beiläufig schaue ich durch die hohen Fenster der Schwimmhalle. Drinnen steht Nora Hopkins! Aber ja! Sie hat heute eine Stunde frei bekommen, damit sie mit ihrer Schwimmmannschaft ein Sondertraining absolvieren kann. Am Wochenende nimmt sie an einem Wettkampf aller Junior High Schools von Maine teil.
Da ist sie nun, direkt vor dem Fenster. Wenn ich hier zu lange stehen bleibe, verpasse ich meinen Bus. Aber der nächste kommt schon in einer halben Stunde, und ich kann meinen Eltern per Handy Bescheid sagen. Entschlossen gehe ich zum Schwimmbad, bleibe vor einem der Fenster stehen und sehe hinein.

Nora steht nicht weit entfernt. Sie hat mir den Rücken zugewandt und bemerkt mich nicht. Ich inspiziere sie so genau wie nur möglich, doch ich entdecke kein Wolfszeichen auf ihrem Körper. Jetzt geht sie hinüber zum Startblock. Sie hat mich zum Glück immer noch nicht gesehen, weil sie sich angeregt mit einem Mädchen unterhält. Ich schleiche vor der Scheibe neben ihr her und überprüfe jeden Zentimeter ihres Körpers, den ich zu sehen kriege.

join beitreten
don't lie to ... lüge ... nicht an
are spying on hast nachspioniert
were staring at hast angestarrt
No way! Auf keinen Fall!

"What are you doing there?"

Der Schreck fährt mir durch Mark und Bein. Emily Folkers! Warum muss denn ausgerechnet die gerade jetzt hier auftauchen?

"I'm watching the swimmers", erkläre ich leichthin. "I love swimming. I'm thinking of trying to **join** the team."

Das war jetzt aber so was von gelogen! In Wirklichkeit schwimme ich wie eine Bleiente.

Mit einem bösen Lächeln verschränkt Emily die Arme vor ihrer Brust. "**Don't lie to** me! I've been watching you for a while, and I know exactly what you're doing. You**'re spying on** poor Nora. You **were staring at** her!"

"**No way!**", murmele ich, aber es klingt alles andere als überzeugend.

Emily geht auch gar nicht darauf ein. "So what do you want from Nora? Come on, tell me!"

"Nothing – nothing at all", knurre ich. "Why do you think I want something from her?"

Doch sie geht über meine Frage hinweg und sagt höhnisch grinsend: "I should really be asking what you want from *us*? You can't **fool** me. I noticed you staring at me like that at the basketball game yesterday. Do you think I'm an idiot?"
Jetzt werde ich auch noch dunkelrot im Gesicht, das spüre ich ganz deutlich. Schnell senke ich den Kopf, damit sie wenigstens das nicht bemerkt.
Aber sie redet gnadenlos weiter: "I thought you were just spying on me because you**'ve got the hots for** Greg Parker, but now I don't think that's the reason. I've no idea what's wrong with you, but it's **definitely** something **weird**. **I'm going to make sure** Greg and all our classmates know about your strange **behavior**."

fool zum Narren halten
have got the hots for auf … scharf bist
definitely definitiv
weird Sonderbares
am going to make sure werde dafür sorgen
behavior (AE) Verhalten
What's up? Was ist los?

Entsetzt starre ich sie an. Sie wirft mir einen triumphierenden Blick zu, dreht sich um und geht mit schnellen Schritten davon. Ich bin so geschockt, und die Sache ist mir auch so abgrundtief peinlich, dass mir Nora und das Werwolf-Zeichen im Moment ganz egal sind. Ohne mich noch einmal zum Schwimmbad umzudrehen, trotte ich mit hängendem Kopf davon. Ich habe die Straße noch nicht ganz erreicht, da laufen mir schon die Tränen über die Wangen.
"Hey, Leonie, **what's up**?"

Greg! Bitte nicht, nicht ausgerechnet jetzt! Schnell wische ich mir mit dem Ärmel meines Sweatshirts über das Gesicht und linse vorsichtig zu ihm hin. Er sieht mich besorgt an. Ich stehe einfach nur da, unglücklich, hilflos und ratlos zugleich. Vielleicht sollte ich ihm einfach die Wahrheit sagen. Na ja, wenigstens einen Teil davon. Morgen wird die blöde Emily Folkers es ihm ja sowieso erzählen.

"I was just watching the girls in the swimming pool. I'd heard that Nora was a very good swimmer, and I wanted to see her in the water. Cindy said she looked like a dolphin." Ich ziehe ein Taschentuch aus der Tasche meiner Jeans und putze mir die Nase. "**Suddenly** Emily Hopkins **was standing** behind me. She **accused** me of spying on Nora and said that I'd done the same to her in the **schoolyard** yesterday."

Jetzt schaffe ich es endlich, ihm in die Augen schauen. Aber vor lauter Tränen kann ich sein Gesicht nur undeutlich sehen. "Tomorrow she's going to tell all my classmates that **I've been acting** weird and staring at girls. What on earth are they going to think of me?"

Greg schüttelt den Kopf. "Don't worry about it! Emily's really **mean**. Everybody knows that. You're not the first person she's said **nasty** things about."

suddenly plötzlich
was standing stand
accused hat beschuldigt
schoolyard Schulhof
have been acting habe mich benommen
mean gemein
nasty fiese

"Really?", murmele ich. Und in Gedanken füge ich hinzu: Soso, er findet sie also auch hinterhältig. Dann scheint er sie ja nicht besonders zu mögen.
Endlich hören meine Tränen auf zu fließen.
"Absolutely", bekräftigt er. "Let her say what she wants. I won't believe her, anyway. And I bet that most of our classmates won't either. They all know her too well. Come on! You're going to miss your bus if you **don't hurry**."
Ich spurte los. Greg rennt neben mir her bis zum Kirchplatz. Als wir ankommen, biegt mein Bus gerade um die Ecke. Ich springe hinein, lasse mich auf eine Bank fallen und winke Greg noch einmal zu.

don't hurry
dich nicht beeilst

Dann lehne ich mich schnaufend in meinem Sitz zurück und schließe die Augen.
Da habe ich noch mal Glück gehabt. Emily scheint in unserer Klasse wirklich nicht gerade beliebt zu sein. Ich muss an die Werwölfe denken. Obwohl sie sich schon seit vielen, vielen Generationen verstecken müssen, scheinen sie freundliche und ehrliche Wesen geblieben zu sein. Eigentlich passt diese blöde Emily überhaupt nicht zu ihnen. Aber was ist, wenn ich mich irre?
Wenn Emily wirklich das Werwolf-Mädchen sein sollte, wird ihr leiblicher Vater sehr enttäuscht von ihr sein, fürchte ich.

Eilig durchquere ich den dunklen Garten. Es ist schon recht spät, aber wenigstens sind wir endlich mit dem

Hämmern und Schrauben an den Möbeln fertig, und ich konnte mich nach draußen verziehen, ohne dass meine Eltern Verdacht geschöpft haben. Ich brauchte ihnen nur zu sagen, dass ich ein bisschen frische Luft schnappen wollte.

Da bin ich nun, wie immer ziemlich aufgeregt.

Die beiden Wölfe warten bereits zwischen den Büschen und hohen Bäumen am Gartenzaun.

might have shot hätten erschießen können
reaction Reaktion

"Hello!", begrüße ich sie.

Good evening.

"Do you have any news?", frage ich. "I hope that none of your pack was killed by the hunters!"

Don't worry! We are all safe, beruhigt mich der alte Wolf. *The hunters were out in the forest, but they didn't find our tracks.*

Ich weiß genau, dass es nur eine Frage der Zeit ist, bis die Werwölfe wieder auf die Jäger treffen. Dennoch bin ich erleichtert.

Luckily my daughter didn't change into a werewolf last night, or the hunters ***might have shot*** *her,* berichtet der Helle. *Some of us were watching the three girls' houses. We'll be there again tonight. We can only hope we find her before …*

Er spricht nicht zu Ende und senkt den Kopf. Ich habe das Gefühl, ich kann seine Angst regelrecht spüren.

If she changes into a werewolf in front of her adoptive parents, we won't be able to protect her from their ***reaction****,* fährt der Alte an seiner statt fort. *That's why we have to find her before then. Do you have any news for us?*

Ich wiege den Kopf. "I didn't find out much, I'm afraid. I was able to watch Nora Hopkins at the swimming pool, and I didn't see the mark of the werewolf on her body. But we all know that this doesn't **necessarily** mean anything."

We haven't made any progress today, stellt der helle Wolf bedrückt fest.

Ja, du hast recht, denke ich. Und die Zeit rinnt uns durch die Finger. Dann habe ich eine Idee. "If you can tell me how a werewolf girl smells, I could ..."

Freundlich sieht mich der Alte an. *Dear Leonie, do you really believe that your human* ***sense of smell*** *can tell you something like this?*

necessarily unbedingt
sense of smell Geruchssinn
suggestion Vorschlag
brave mutiges
are glad freuen uns
share teilst
proud stolz

Vielleicht ist das auch besser so, überlege ich. Wer weiß, was für ein Theater Emily machen würde, wenn sie mitkriegen würde, dass ich auch noch an ihr schnuppere!

Thank you for the ***suggestion****, though*, fügt der Helle hinzu, der entweder darauf verzichtet hat, meine Gedanken zu lesen, oder aber höflich darüber hinweggeht. *You're a very* ***brave*** *girl! We* ***are glad*** *to have met you.*

"Thank you very much", erkläre ich. "I'm glad to have met you, too."

Zweifelnd legt der alte Wolf den Kopf schief.

But I'm afraid that now you ***share*** *our fears.*

Ich muss einen Moment nachdenken. "Yes, but I'm **proud** and happy to know you. I really am."

The Truth

Müde steige ich am nächsten Morgen aus dem Bus.

Wieder hab ich schlecht geträumt, auch wenn ich mich nicht so genau daran erinnern kann wie gestern. Wenigstens schreiben wir heute keine Klassenarbeit. Und hoffentlich werde ich nicht in irgendeiner Stunde abgefragt.

thank goodness Gott sei Dank
what she's like wie sie ist
gossip Tratsch

"Good morning!"

Als ich Gregs Stimme höre, bin ich mit einem Schlag hellwach. Da ist er!

"Did your new furniture arrive?", will er wissen.

"Yes, **thank goodness**", antworte ich. "I can meet you this afternoon, no problem!"

"I'm really looking forward to it", sagt er fröhlich.

"Me too!"

Doch dann bleibe ich stocksteif stehen.

Ein paar Meter vor mir geht Emily, zusammen mit drei anderen Mädchen aus meiner Klasse.

Wie sie sich bewegt, wie sie gerade die Hand an die Stirn legt, als wolle sie Ausschau halten, und wie sie sich dann mit dem Zeigefinger an die Schläfe tippt, als ob sie jemandem einen Vogel zeigen würde! Ich weiß genau, was sie den anderen gerade erzählt.

"Don't worry", flüstert mir Greg zu. "The girls will be curious to hear what Emily has to say, but they know exactly **what she's like**. They know it's only **gossip**."

"Great", flüstere ich. Innerlich koche ich vor Wut. "Listen, I know a different **way** to school. Do you want to come with me?", schlägt er vor. "We'll have to hurry, and we'll have to climb through some bushes in the park, but I don't mind doing that, if you don't. **At least** then you won't have to watch Emily **bitching about** you."
"Let's do it", antworte ich – und registriere verdutzt, dass er mich prompt an die Hand nimmt und mich entschlossen in eine Seitenstraße zieht.

Er hat mich an die Hand genommen.
Ja, er hat mich wirklich und wahrhaftig an die Hand gefasst, und wir haben uns erst losgelassen, als wir das Dickicht des Parks verlassen hatten und auf die Eingangstreppe der Schule zugesteuert sind.
Jetzt, hier im Klassenzimmer, bin ich immer noch total aufgeregt und glücklich. Fast habe ich das Gefühl, als würde ich schweben. Meine rechte Hand ist ganz warm, und ich bin mir ziemlich sicher, dass meine Wangen glühen.
Danielle ist noch nicht da. Komisch, wundere ich mich. Sonst sitzt sie um diese Uhrzeit doch immer schon an ihrem Platz. Vielleicht hat sie verschlafen. Oder sie ist krank. Ja, wahrscheinlich hat sie eine Grippe oder so was. Bestimmt war sie deswegen gestern auch so komisch.
Schnell frage ich Cindy, doch die hat auch keine Ahnung, was mit Danielle los ist.

way Weg
at least wenigstens
bitching about ... sich über ... auslassen

Kaum hab ich die Bücher und Hefte auf das Pult gelegt und mich hingesetzt, da kommt Danielle doch noch zur Tür herein.
"Morning", brummt sie missmutig und knallt ihre Tasche so heftig auf den Boden, dass ich erschrocken zusammenfahre.
Auch Cindy wirft ihr einen verdutzten Blick zu. Ohne noch ein Wort zu sagen, lässt sich Danielle auf ihren Stuhl fallen. Sie wirkt richtig wütend, und ich rücke vorsichtshalber ein bisschen von ihr ab. Hat sie vielleicht Ärger mit ihren Eltern?
Aber nein! Emily steht ja immer noch draußen und erzählt garantiert jedem, der es hören möchte, von ihrer gestrigen Begegnung mit mir. Bestimmt hat Danielle es auch mitgekriegt ... und jetzt glaubt sie Emily und ist sauer auf mich. Als ob mir die Sache nicht auch so schon peinlich genug wäre!
Schnell senke ich den Kopf. Ich muss heftig schlucken, weil mir wieder Tränen in die Augen schießen.
Da habe ich hier so schnell eine Freundin gefunden, eine richtig nette obendrein, und dann macht mir diese blöde Schnepfe Emily alles wieder kaputt! Und wenn ich ehrlich bin: Sie hat sogar irgendwie recht. Mein Verhalten gestern beim Schwimmbad hat bestimmt ziemlich eigenartig gewirkt. Aber ich kann Danielle nicht erklären, wie es wirklich war. Sie würde mir sowieso kein einziges Wort glauben.
Unser Biolehrer kommt herein und beginnt mit dem Unterricht. Ich höre kaum zu, stattdessen denke ich über

alles nach. Und ich wünsche mir zum ersten Mal, dass ich die Werwölfe niemals kennengelernt hätte.

Habe ich wirklich gehofft, dass Danielles Verhalten mir gegenüber sich heute noch einmal ändern würde, dass sie vielleicht über Emilys Gerede nachdenken und es als Unsinn abtun würde?
Nein, das macht sie nicht.
Im Unterricht hockt sie mit umwölkter Stirn neben mir und tut so, als wäre ich gar nicht da. Und in den Pausen lässt sie sich nicht blicken. Ganz anders Cindy. Die hat bestimmt auch etwas von Emilys Gemeinheiten mitbekommen, aber sie geht trotzdem neben mir über den Schulhof und redet und lacht mit mir.
Wie ich es mit meinen Eltern verabredet habe, bleibe ich am Nachmittag in der Stadt und mache an einem Tisch im Park meine Hausaufgaben. Dann trotte ich ziemlich niedergeschlagen zum Eiscafé.
Greg sitzt schon da. Als er mich sieht, lächelt er mir aufmunternd zu. Ich ringe mir ein Lächeln ab, gehe zu ihm hinüber und setze mich neben ihn.
“What would you like?”, fragt er höflich.
Will er etwa mein Eis bezahlen? Damit habe ich nicht gerechnet. Heute Morgen habe ich extra noch meine Barschaft geprüft, und eben habe ich überlegt, ob ich mir nun einen richtigen Eisbecher leisten soll oder doch nur ein gemischte Eis ohne Sahne. Und jetzt? Leonie, willst du den armen Kerl für den Rest des Monats ruinieren?

"Just **assorted** ice cream without any cream, please", antworte ich.
Mit gerunzelter Stirn sieht er mich an. "They do a really good chocolate **sauce** here; you should **try** it! Wouldn't you prefer a chocolate **sundae**? Or the vanilla sundae with **coconut** and chocolate sauce?"
Als ich ihn zweifelnd ansehe, fügt er hinzu: "Well, at least have some chocolate sauce with your ice cream."
Ach, Greg, du bist wirklich süß!
Laut sage ich: "Okay, I'll have assorted ice cream with chocolate sauce. Thanks."
Er grinst. "I'll have the same."
Ich beobachte ihn beim Bestellen, bewundere seine blitzenden grünen Augen und die leicht gelockten, kastanienroten Haare, die ihm fast bis auf die Schultern fallen.
Er sieht wirklich gut aus, denke ich. Außerdem ist er echt nett, und er hält zu mir. Anders als Danielle.
Na ja, möglich, dass ich mich in ihr getäuscht habe und dass wir gar nicht richtig zusammenpassen. Im Grunde kennen wir uns ja kaum. Trotzdem … ich hatte gehofft, dass ich ihr wirklich sympathisch wäre, und dass wir richtige Freundinnen werden könnten. Nun werde ich doch wieder traurig.
"Hey, what's up?"
Ich schrecke zusammen, hebe den Kopf und schaue Greg an. Soll ich's ihm erzählen oder soll ich nicht?

assorted gemischtes
sauce Soße
try probieren
sundae Eisbecher
coconut Kokosnuss

"Danielle's **not** talking to me **any more**", erkläre ich zögernd. "She didn't tell me why, but I'm sure it's because of what Emily's been saying. I'm afraid she believes her."
"Danielle? I can't imagine that", wundert er sich. "She doesn't like Emily at all, and she **doesn't trust** her either. I was talking to Cindy and some of our other classmates about it. They're convinced that Emily's just talking **nonsense**, because she … well, because she's **jealous** of you."
Nein, er sagt mir nicht, wer oder was schuld an dieser Eifersucht sein könnte. Aber die Tatsache, dass er rot wird, zeigt mir deutlich: Er weiß ganz genau, dass Emily Folkers in ihn verknallt ist. Jetzt muss ich doch lächeln.
"Thanks for your concern", erkläre ich. "I'll stop worrying now." Gerade kommt die Kellnerin mit unserem Eis.
"**I can't wait** to try this chocolate sauce", sage ich, nehme meinen Löffel und probiere. Der Geschmack ist wirklich toll, nicht übertrieben süß, aber total intensiv. Ich schiebe etwas Vanilleeis auf meinen Löffel, dazu wieder etwas Schokosoße, stecke alles in den Mund und schließe die Augen, weil es so gut schmeckt und ich es einfach nur genießen will.
"It's really great!", sage ich dann.
"Yes it is, isn't it!", stimmt er mir zu. "I'd never eat an ice cream here without chocolate sauce. It would be a **waste of money**."

not any more nicht mehr
doesn't trust vertraut nicht
nonsense Unsinn
jealous eifersüchtig
I can't wait. Ich kann es kaum erwarten.
waste of money Geldverschwendung

Dann wird sein Gesicht wieder ernst. "I can't believe Danielle is acting like this with you. I wonder why she would believe Emily's gossip? I can't understand it." Nachdenklich reibt er sich das Kinn. "I saw Danielle a few minutes ago. She was at the hairdresser's, waiting and reading a magazine. Maybe we should eat our ice cream, go to the hairdresser's and ask Danielle **what's going on**. If she**'s left** already, we could go to her house and talk to her there."

what's going on was los ist
has left gegangen ist

Hm ... Danielle war heute Morgen so sauer auf mich, dass ich ihr jetzt absolut nicht allein gegenübertreten möchte. Aber zusammen mit Greg habe ich vielleicht bessere Chancen.

"That's a good idea. Thanks a lot for your help", sage ich.

Er sieht mich an, mit einem so warmen Blick, dass mein Herz ganz weich wird.

Als wir an dem Friseurladen ankommen, bin ich ziemlich aufgeregt.

Greg hat das wohl gemerkt, jedenfalls rät er mir: "Maybe you should wait here. I'll go in and look for her."

Während er im Laden verschwindet, stehe ich mit ängstlich klopfendem Herzen vor der Tür. Doch da kommt er schon wieder heraus.

"She left about fifteen minutes ago", sagt er. "Let's go and look for her at her house."

Wir gehen also weiter.

Der Weg dauert recht lange. Er führt aus dem Zentrum hinaus zu der schmucken Wohnsiedlung am Waldrand, in der Danielle mit ihren Eltern lebt.

Es beginnt schon zu dämmern. Auch meine Stimmung trübt sich immer mehr. Je näher wir dem eleganten Holzhaus der Riders kommen, umso mehr wächst meine Angst. Was ist, wenn Danielle gar nicht mit mir sprechen will? Dann muss ich morgen wieder neben ihr in der Schule sitzen, und sie redet kein Wort, sondern mustert mich nur mit ärgerlichen Blicken. Wie soll ich das bloß aushalten?

lights Lichter

Greg nimmt meine Hand. Wie gut, dass es ihn gibt!

Endlich haben wir Danielles Elternhaus erreicht.

"The **lights** are on", meint Greg aufmunternd. "Someone must be home."

Das Haus der Riders ist von einer großen Wiese und einem niedrigen weißen Zaun umgeben. Wir gehen die gepflasterte Auffahrt hinauf und steigen die Treppe zur Veranda hoch.

Als Greg an der Türe läutet, schlägt mein Herz so wild, dass ich kaum den Klingelton hören kann.

Danielles Mutter öffnet. Sie trägt eine Schürze, und aus dem Haus dringt der Geruch nach gebratenem Fleisch.

"Hello, come in!", sagt sie freundlich.

Ob ihr Danielle nichts von Emily Folkers und ihrem bösartigen Klatsch erzählt hat?

"We'd like to talk to Danielle", sagt Greg überflüssigerweise, als wir im Flur stehen.

Ihre Mutter seufzt. "I'm sorry, but you've just missed her. She came home **to change her clothes**, then she left a few minutes ago to go jogging. Were you looking for her after school? She **had to** go to the hairdresser's to **have** her hair **dyed**."

"I beg your pardon?", sage ich verdutzt. "Danielle dyes her hair?"

"Yes", mischt sich Greg ein. "Didn't she tell you?"

"Well, er … no", gestehe ich verwirrt. "Strange – it looks natural to me."

"If she didn't dye it, she'd have a grey **streak at the back**", fügt ihre Mutter hinzu.

Graue Haare? Zuerst bin ich total baff. Dann beginnt eine furchtbare Ahnung in mir zu wachsen.

"Yes", meint Mrs Rider arglos. "Her hair was **like that** even when she was small. The doctors say it's just a little **genetic defect**."

to change (her clothes) um sich umzuziehen
had to musste
have dyed färben lassen
streak Strähne
at the back hinten
like that so
genetic defect Gendefekt

Ich habe Mühe, die Fassung zu bewahren. Graue Haare bei einem kleinen Kind, bei einem jungen Mädchen … Könnte das nicht das Zeichen der Werwölfin sein?

Aber dann müsste Danielle ein Adoptivkind sein. Ob ich ihre Mutter danach fragen soll?

Besser nicht. Vielleicht hat sie ihrer Tochter nichts davon erzählt. Jedenfalls hat Danielle darüber nie mit mir gesprochen. Wie könnte ich dann eine Ahnung davon haben?

"Do you know where she went?", will ich wissen. "Maybe we can **catch up with** her."

Ihre Mutter sieht richtig erfreut aus. "Yes, please do! She **took** the **path** that runs **along** the edge of the forest around the town. To be honest, I'd be very grateful if you'd look for her. There are wolves roaming the forest around Woodhouse Village and I get a bit worried when she's alone outside. It's already starting to get dark."

"Danielle told me just a few days ago that she didn't want to go outside alone in the dark any more", stimme ich zu. "Especially not near the forest. I wonder why she changed her **mind** tonight?"

catch up with einholen
took hat genommen
path Pfad
along entlang
mind Meinung
what's the matter was los ist
fidgety unruhig
snapped at hat angeschnauzt
grades Schulnoten
quarrel Streit

Ihre Mutter seufzt. "Well, I've no idea **what's the matter** with her at the moment. She's been acting strangely for a while now. She's so **fidgety** and nervous; and today she even **snapped at** me, which isn't like her at all."

Vielleicht, schießt es mir durch den Kopf, vielleicht ist sie gar nicht sauer auf mich? Möglicherweise hat ihr Verhalten ganz andere Gründe.

Gott! Sie könnte kurz davor sein, sich zu verwandeln!

"Could it be that she has some problems at school that she didn't want to talk to me about?", fragt uns ihre Mutter. "Her **grades** have been okay recently; but maybe she's had a **quarrel** with a classmate, or one of her teachers is angry with her?"

"No, everything's fine **as far as** I know", erwidert Greg. "She **gets on** well **with** her classmates, and with her teachers too."
"Well, then maybe it's just her age", meint ihre Mutter.
"We've noticed that she's been acting strangely, too", sagt Greg. "That's why we'd like to talk to her."

as far as soweit
gets on with ... kommt mit ... aus

Ja, das müssen wir sogar ganz dringend! Wir dürfen keine Zeit verlieren! Ich lege Greg die Hand auf die Schulter und bitte ihn: "Let's go and look for her."
"Okay", meint er.
Wir verabschieden uns, verlassen das Haus und gehen mit eiligen Schritten in Richtung Wald.

Hunted

Ich habe Mühe, die Gedanken zu ordnen, die wie Bienen in einem Bienenstock in meinem Kopf herumschwirren. Wenn Danielle wirklich die Werwölfin ist, dann muss sie ein Adoptivkind sein. Aber ihre Eltern wohnen seit Generationen in Woodhouse Village! Da müsste es doch eigentlich jeder mitbekommen haben, wenn Danielle nicht ihr leibliches Kind wäre.

Es sei denn, ihre Eltern haben irgendeine Möglichkeit gefunden, die Adoption zu verschleiern.

hunted gejagt

Wir haben den Waldrand erreicht und beginnen zu joggen. Das Licht der Laternen von der benachbarten Straße erhellt unseren Weg. Ich denke immer noch fieberhaft nach.

Wenn man in dieser kleinen Stadt eine Adoption geheim halten will, muss man den Bewohnern eine Schwangerschaft vorspielen. Aber warum sollten Danielles Eltern das gemacht haben? Es ist doch keine Schande, ein fremdes Kind als sein eigenes anzunehmen.

Da fällt mir siedend heiß noch eine andere Möglichkeit ein.

"Listen", sage ich heiser. "Were Danielle's parents living here in Woodhouse Village when she was born?"

Greg antwortet mir nicht sofort. Zwar kann ich ihn im Dämmerlicht nicht genau sehen, aber ich kann beinahe spüren, dass er die Stirn runzelt.

was working arbeitete
Canadian kanadischen
border Grenze

"No, they weren't", erklärt er schließlich. "Why do you ask?"
Seine Antwort jagt mir einen kalten Schauer über den Rücken.
"Danielle's father **was working** somewhere on the **Canadian border**", fährt er fort, als ich ihm nicht antworte. "His wife moved there with him. They lived there for about four years, I think."
Ich bleibe stehen. Die Erkenntnis ist überwältigend: Ja, ich habe recht gehabt mit meiner Vermutung. Die Werwölfin, nach der ich suche, ist niemand andere als meine Freundin Danielle!
"What's the matter?", fragt Greg verdutzt, bleibt ebenfalls stehen und dreht sich zu mir um.
"I'll explain later", antworte ich mit rauer Stimme und zwinge mich, weiterzulaufen.
Das Herz schlägt mir bis zum Hals. Aber das Einzige, was jetzt zählt, ist: Wir müssen Danielle finden, so schnell wie nur möglich, und auf jeden Fall, bevor es völlig dunkel geworden ist. Wenn ich die Werwölfe doch nur rufen könnte! Vielleicht streifen sie gerade hier in der Nähe herum … Oder sie sind weit, ganz weit entfernt.
Ein paar von ihnen werden vermutlich bei den Häusern von Mary, Emily und Nora ihre Posten beziehen. Vergeblich, wie ich jetzt weiß. Soll ich zu ihnen laufen und mit ihnen reden? Nein, dafür ist jetzt keine Zeit mehr. Vor allem, weil vielleicht auch die Wolfsjäger schon unterwegs sind. Aber wenn ich in Gedanken mit den Wer-

wölfen reden kann, dann kann ich sie vielleicht auch in Gedanken rufen?
Ich bleibe wieder stehen, schließe die Augen und versuche, mich auf den hellen und den alten Wolf zu konzentrieren.
I'm here, on the path that runs around the town. And I've found the werewolf we've been looking for. It's not one of the girls you're watching! Her name is Danielle Rider. Please come as fast as you can!
Wie aus weiter Ferne dringt plötzlich Gregs Lachen zu mir.
"My grandmother told me that before the Riders **moved away** Danielle's mother had been trying for years to have a baby", erzählt er. "My grandmother said the **change of air** must have done her good, because when the Riders came back to Woodhouse Village they had a two-year-old daughter."
Nein, Danielle ist nicht die Tochter der Riders. Jedenfalls nicht ihre leibliche Tochter. Aber das wird Greg verstehen, wenn wir Danielle endlich, endlich gefunden haben!
"There she is!", ruft er da.
Tatsächlich.
Ein paar Meter vor uns, gerade noch im Dämmerlicht zu erkennen, läuft eine schlanke Gestalt in einem hellen Trainingsanzug.
Aber jetzt ...
"What is she doing?", murmelt Greg verdutzt.

moved away weggezogen sind
change of air Luftveränderung

Danielle ist plötzlich scharf nach rechts abgebogen und im Wald verschwunden.
"I think I know", rufe ich, überhole Greg und renne so schnell ich kann in die Richtung, in die Danielle gelaufen ist.

useful nützlich

"What are you talking about?", ruft Greg, während er hinter mir hersprintet.
"I'll tell you later", keuche ich nur.
"Later, later, that's all you keep saying", schnauft er. Aber wenigstens hakt er nicht weiter nach.
Wir sind jetzt an der Stelle angekommen, an der Danielle in den Wald abgebogen ist. Hier zweigt, kaum erkennbar im Halbdunkel, ein schmaler Pfad ab. Ich laufe meiner Freundin hinterher.
Greg folgt mir und stößt atemlos hervor: "Why … did … she … go … in there?"
Du wirst schon sehen, denke ich.
Es ist fast unmöglich, hier zu laufen, denn der Pfad ist schmal und teilweise von Dornengestrüpp und Baumwurzeln überwachsen. Wir sind gezwungen, langsam zu gehen. Je weiter wir in den dichten Wald hinein vordringen, umso dunkler wird es.
"Wait a moment, please!", meint Greg hinter mir. Als ich nicht reagiere, ruft er lauter: "Leonie, *stop*!"
Ich drehe mich zu ihm um und kann mehr ahnen als sehen, dass er mit beiden Händen in den Taschen seines Anoraks kramt. Zu meiner Überraschung zaubert er eine Taschenlampe hervor und knippst sie an.
"Great! That's really **useful**!", rufe ich erfreut.

"I just found it in there – I **haven't emptied** my pockets for months", erwidert er. "How on earth can Danielle run like that in the dark?"
Greg geht jetzt mit schnellen Schritten voran, dennoch kommen wir für mein Gefühl viel zu langsam vorwärts. Aber wenigstens richtet er den Strahl seiner Taschenlampe auf den Boden direkt vor unseren Füßen, so dass wir sehen können, wohin wir treten.
Der Weg macht eine Biegung, und Greg bleibt stehen, so plötzlich, dass ich fast in ihn hineingelaufen wäre. Vor uns, nur wenige Meter entfernt, ist Danielle. Vielleicht ist sie gestolpert und hat sich wehgetan. Sie steht gebückt da, ganz so, als hätte sie Schmerzen. Ihre langen Haare verdecken ihr Gesicht.
"Danielle?", fragt Greg vorsichtig.
Sie richtet sich auf, so schnell, dass ich einen Schreck bekomme. Greg weicht einen Schritt zurück.
"**Are you all right**?" Seine Stimme schwankt unsicher.
Danielle sieht irgendwie ... fremd aus. Selbst im schwachen Licht unserer Taschenlampe erkenne ich, dass ihr Gesicht kreideweiß ist. Und ihre Augen ... Sie scheinen regelrecht zu glühen.
"Just **back off**!" Ihre Stimme klingt eigentümlich tief und verzerrt, fast wie ein Knurren.
"Okay, okay. Just listen", sagt Greg unsicher. "It may be dangerous for you alone here in the **woods**. We'd like to take you home with us. Your mother asked us to, and ..."

haven't emptied habe nicht geleert
Are you all right? Geht es dir gut?
Back off! Lass mich in Ruhe!
woods Wäldern

"You'll just have to go back and tell her that I'm not scared at all and I'll come home later, when I'm ready", knurrt sie ungeduldig.

pitch dark stockdunkel
I don't give a damn! Das ist mir scheißegal!
Leave me alone. Lass mich in Ruhe.
God Gott

Nun erst fällt mir auf, dass ihre Finger gekrümmt sind, fast wie … fast wie Klauen.

Gregs ängstliche Verlegenheit verwandelt sich in Ärger. "Danielle, are you mad? It'll be **pitch dark** soon!"

"**I don't give a damn**!", knurrt sie. "Go away and **leave me alone**!"

Plötzlich zuckt sie heftig zusammen und presst sich die Hände auf die Brust.

"What's the matter with you?", fragt Greg alarmiert. Er scheint all seinen Mut zusammenzunehmen und macht einen Schritt auf Danielle zu. Die freie Hand steckt er in die Tasche seiner Jeans. "Listen, I'm going to call your mother, and …"

"Back off!", brüllt Danielle, so laut und mit so rauer Stimme, dass Greg sofort wieder stehen bleibt.

Er starrt sie ungläubig an, dann flüstert er fast tonlos: "Oh my **God**."

Ja, ich habe es auch gesehen: Danielles Schneidezähne sind unnatürlich lang, fast wie bei einem Raubtier.

Weit entfernt, aber deutlich vernehmbar, höre ich das Bellen und Jaulen von Hunden, dann das Rufen von Männerstimmen. Ich kann sogar ein paar ihrer Worten verstehen: "… dogs … smelled something!"

Das Blut gefriert mir in den Adern.

"Danielle, run! Run away as fast as you can!" Meine Angst zwingt mich, zu flüstern. Dennoch gehe ich entschlossen auf sie zu und will sie am Arm packen.
"Leonie, don't!", keucht Greg.
Ich bleibe stehen.
Danielle hat sich vorgebeugt, ein tiefes Knurren dringt aus ihrer Kehle, ihre hochgezogenen Lippen entblößen spitze Fangzähne, und dann ... *springt sie!*
Und noch im Sprung, kaum zu erfassen von meinem trägen menschlichen Blick, verwandelt sich ihr menschlicher Körper in den eines Wolfes!
Greg schreit voller Entsetzten auf, als die junge Wölfin auf allen vieren vor uns landet. Verwirrt starrt sie auf das helle Fell an ihrem Körper.
Wieder hören wir die Hunde jaulen und bellen. Eine männliche Stimme ruft: "**Over there**! Quick!"
Panik tritt in den Blick der Wölfin.
"Danielle", sage ich beschwörend, obwohl ich meine Stimme kaum noch beherrschen kann. "**For God's sake**, you have to run! The hunters are on your track. They're going to **hunt** you **down** and kill you."
"You ... you *knew* about this?", stottert Greg hilflos. "But how ... how could you ...?"
Fassungslos starrt mich die Wölfin an. Dann weicht sie langsam, wie in Trance, ein paar Schritte zurück. Ich will ihr noch etwas sagen, aber ich bringe kein Wort heraus.

over there da drüben
for God's sake um Gottes willen
hunt down zur Strecke bringen

Please ***don't despair****!*, rufe ich ihr in Gedanken zu. *I'****ve*** *only* ***known*** *in the last few minutes who you really are. Danielle, you are a werewolf. The Riders adopted you when you were a little baby. Your real parents were werewolves. Your mother's dead, but your father and his pack have been searching the forest for days, hoping to find you. I've been trying to help them. They knew that you would change into a werewolf soon, on your thirteenth birthday.*
Danielle ist stehen geblieben, doch in ihren Augen spiegelt sich ein solches Entsetzen, dass ich mich frage, ob sie überhaupt noch einen klaren Gedanken fassen kann.

don't despair verzweifle nicht
have known habe gewusst
side Seite

Please, trust me!, flehe ich sie an. *You'll be all right. And I'm on your* ***side****, whatever happens and whoever you are. I'll always be your friend.*
Das Bellen und Jaulen ist noch näher gekommen, schon kann ich das leise Knacken von Ästen unter den Stiefeln der Jäger hören. Die Wölfin hört es auch. Hilflos wittert und lauscht sie in alle Richtungen, dann weicht sie einen Schritt zurück. Da bricht eine riesige Bulldogge aus dem Unterholz, gefolgt von einem zweiten großen Hund. Knurrend und mit gesträubtem Nackenhaar, mit drohend gefletschten Zähnen bleiben sie vor der Wölfin stehen.
"Stop!"
Ich habe keine Ahnung, woher Greg seinen Mut nimmt. Sofort fahren die Hunde herum.
Greg macht einen entschlossenen Schritt nach vorn. "Danielle, run!", brüllt er gleichzeitig, doch da brechen

hinter der Wölfin vier Hunde aus dem Unterholz. Hechelnd, geifernd und knurrend schleichen sie um Danielle herum, sie umzingeln sie, während die anderen beiden knurrend und geifernd weiter auf uns zukommen.

Da taucht Roy Hopkins aus dem Unterholz auf, gefolgt von drei weiteren Hunden, die sofort mit den anderen die Wölfin einkreisen.

Der Mann wirft uns einen kurzen Blick zu. "Nero, Attila, get back!", befiehlt er dann.

Prompt lassen die beiden Hunde von uns ab und wenden sich der Wölfin zu.

"Looks like I'm just **in time**", sagt Hopkins triumphierend. Und gönnerhaft fügt er hinzu: "Taking a walk in the forest … That can be very dangerous, especially at the moment. That wolf could easily have killed you."

Er nimmt sein Gewehr in Anschlag und zielt auf Danielle.

Lieber Gott, was sollen wir tun!?

Die Tatsache, dass genau in diesem Moment Conan Miller die Lichtung betritt, rettet Danielle das Leben. Vorläufig.

Und ich habe endlich den Mut, zu reagieren.

"The wolf didn't do us any harm", sage ich, und dabei liegt eine Ruhe in meiner Stimme, über die ich selbst erstaunt bin. "The only ones who **have threatened** us are you and your dogs."

"You're talking nonsense, you stupid girl", beschwichtigt mich der Alte. "You're obviously in **shock**. That wolf was

in time rechtzeitig
have threatened bedroht haben
shock Schockzustand

going to **tear** you **to pieces**. What else would it have done?"

Roy Hopkins lässt sein Gewehr sinken und mustert mich kritisch.

"That's the daughter of those **foreigners** who make wildlife films – the ones who moved here a few days ago", knurrt er. "Her parents talk a lot of nonsense too. No wonder she's trying to **defend** that wolf any **way** she can, **even if** it's all lies."

"**I'm not lying** at all!" Der Zorn packt mich derart heftig, dass ich ihn regelrecht anbrülle.

Knurrend wendet sich die Bulldogge wieder mir zu und fletscht die Zähne.

"Of course you are", sagt Conan Miller ruhig. "My nephew and I saw with our own eyes that the wolf **was about to attack** you, didn't we, Roy?" Er grinst den Jüngeren an.

"Sure", pflichtet der ihm bei. "If we hadn't come along to **rescue** you, that beast **would have torn** your hearts **out**."

Die Wahrheit ist euch völlig egal, schießt es mir durch den Kopf. Ihr wollt nur endlich das Vergnügen haben, einen Wolf zu töten. Dafür würdet ihr lügen und betrügen und Gesetze brechen. Wenn wir zur Polizei gingen, stünde die Aussage zweier Erwachsener gegen die von zwei Jugendlichen. Wir hätten nicht die geringste Chance, und das wisst ihr ganz genau.

tear to pieces in Stücke reißen
foreigners Ausländer
defend verteidigen
way Weise
even if selbst wenn
am not lying lüge nicht
was about to attack im Begriff war, anzugreifen
rescue retten
would have torn out hätte rausgerissen

Mit einer blitzschnellen Bewegung versucht die Wölfin, aus dem bedrohlichen Kreis ihrer Verfolger zu entkommen. Doch einer der Hunde macht einen Satz, sein schwerer, muskulöser Körper prallt gegen die schmale Wölfin, und mühelos wirft er sie zu Boden. Verzweifelt jault sie auf, als seine langen, scharfen Zähne sich ihrer Kehle nähern.

"Castor, stop it!", brüllt Roy Hopkins.

Sein Befehl hindert den Hund gerade noch, seinem Opfer die Kehle zu zerreißen. Unterwürfig hebt das Tier den Kopf und schaut seinen Herrn an. Aber seine Pfoten ruhen immer noch schwer auf dem schlanken Körper der Wölfin.

Entschlossen hebt Conan Miller sein Gewehr.

"*I'm* going to kill this wolf", erklärt sein Neffe ärgerlich. "I was here first."

"Well, I'm your uncle, and I'm the oldest one here, so *I'm* the one who should do it", knurrt der Alte.

Sie streiten sich tatsächlich darüber, wer *töten* darf, denke ich ungläubig.

"But Castor's the one that**'s holding** it **down**. He's my best dog", protestiert Roy, nun schon deutlich unsicherer. "You might kill him."

is holding down festhält
shoot erschieß

Conan zuckt die Achseln. "If I do, I'll pay for him."

"Fine. **Shoot** the wolf, I don't care", murmelt sein Neffe achselzuckend.

Er tritt einen Schritt zurück. Der Alte fasst die Flinte fester.

Ich schreie ... Da kracht schon der Schuss –
Conan geht zu Boden.
Ungläubig, wie durch einen Nebel, erkenne ich, dass Greg sich auf ihn geworfen hat. Die Wölfin liegt immer noch am Boden, die Bulldogge über sich, aber sie ist unverletzt.
“You stupid idiot!”, schreit Roy. Er macht zwei Schritte auf Greg zu, packt ihn am Kragen, reißt ihn hoch und gibt ihm eine schallende Ohrfeige.
“Stop it! Stop!” Meine Wut und meine Verzweiflung besiegen endgültig die Angst. Ich bücke mich, reiße einen dicken Ast vom Boden hoch und will mich auf Gregs Peiniger stürzen, da –
“What's going on here?”
Die unbekannte, tiefe Stimme lässt mich herumfahren. Hinter mir steht ein großer, nicht mehr ganz junger, aber auffällig muskulöser Mann. Er hat helle, blaue Augen, einen grauen Schnurrbart und volles, weißes Haar. Obwohl er Jeans, Gummistiefel und einen dunklen Anorak trägt, wirkt er irgendwie vornehm, ja, er strahlt geradezu Autorität und Würde aus. Wir haben ihn nicht kommen hören.
Roy Hopkins ist derart verdutzt, dass ihm sein fleischiger Mund offen steht. Er lässt Greg los. Der schwankt drei Schritte rückwärts, lehnt sich an einen Baum und hält sich die Wange. Nun erst sehe ich, dass Blut aus einer Platzwunde an seiner Augenbraue tropft und ihm über das Gesicht läuft. Conan Miller rappelt sich auf die Knie hoch und steht auf.

"We**'ve** just **saved** the lives of these two kids", erklärt er ernst. "If we hadn't come, that wolf would have killed them."
Sein Neffe nickt heftig.
"That's not true!", bricht es aus mir heraus. "The wolf wouldn't have done us any harm! It was scared, that's all."
"**Call** your dogs **off**!", sagt der Mann im Anorak mit einer Stimme, die keinen Widerspruch duldet.
Als Conan nicht sofort reagiert, fügt er drohend hinzu: "Now!"

have saved haben gerettet
call off rufen Sie zurück
order around herumkommandieren

"I'm not letting anyone **order** me **around**", knurrt der Alte, reißt blitzschnell seine Flinte hoch und zielt auf die Wölfin.
Furchtlos macht der Mann im Anorak einen Schritt auf ihn zu ... verwandelt sich dabei im Bruchteil einer Sekunde in einen dunklen Wolf und springt dem Alten an die Kehle!
Das Gewehr fällt zu Boden, mit lautem Knall löst sich ein Schuss – und plötzlich sind wir von Wölfen umringt! Lautlos, von allen Seiten gleichzeitig, haben sie die Lichtung betreten. Mit hochgezogenen Lefzen und gebleckten Zähnen starren sie die Hunde an, die sofort von der Wölfin ablassen und sich leise fiepend, mit eingezogenen Schwänzen, eng zusammendrängen.
Roy Hopkins schreit, laut und voller Panik und derart hoch, dass es fast wie das Jaulen eines seiner Hunde klingt. Sein Onkel liegt unter dem dunklen, älteren

Werwolf, den ich so gut kenne. Fassungslos starrt er in die drohend aufgerissenen Fänge und fleht um sein Leben.
Langsam, sehr langsam, so als könne sie immer noch nicht begreifen, was geschieht, rappelt sich die junge Wölfin auf.
Der helle Wolf löst sich aus dem Kreis der anderen. Er geht auf seine Tochter zu und wedelt sachte mit seinem Schwanz.
Ich bin mir sicher, dass er in Gedanken mit ihr spricht. Danielle sieht ihn an. Nach einer Weile schaut sie zur Seite, zu mir und zu Greg, der immer noch blass und mit blutendem Gesicht an dem Baum lehnt. In seinen Augen spiegelt sich ungläubiges Entsetzen.
Dann traben Danielle und ihr Vater los. Schon nach wenigen Schritten hat das Unterholz sie verschluckt.
Hinter uns, aus Richtung der Stadt, ertönt das Heulen einer Polizeisirene. Wie auf Befehl ziehen die Wölfe ihren Kreis um uns noch enger. Ihr Anführer lässt von Conan Miller ab und tritt ein paar Schritte zurück. Die Tiere warten, bis sogar wir Menschen eilige Schritte auf dem Waldweg hören können. Kurz bevor uns zwei Polizisten mit gezogenen Revolvern erreicht haben, verschwinden sie geräuschlos im Wald.
"Thank God you're here!", ruft Conan. "You won't believe what's just happened here. It … it was **unbelievable**!"

unbelievable
unglaublich

Der alte Mann bietet ein Bild des Jammers. Er hockt auf allen vieren, ist bleich wie ein Gespenst und von oben bis unten voller Schmutz. Wirr steht das schüttere Haar von seinem Kopf ab, und seine Augen scheinen vor Furcht und Entsetzen beinahe aus ihren Höhlen zu springen. Sein Gewehr liegt ein, zwei Schritte weit von ihm entfernt. Händeringend wankt Roy Hopkins auf die Polizisten zu.

"The ... the wolf! It ... it w... w... was threatening the p... p... poor kids", stammelt er zitternd. Schweißtropfen rinnen ihm über Stirn und Wangen. "We wanted to shoot it, but a man **turned up** who tried to stop us. Then ... then ... you won't believe it, but the man changed into a w... w... wolf!"

Die Polizisten werfen sich einen stummen Blick zu.

"He really did!", bekräftigt Roy. Mit einer beinahe flehentlichen Geste packt er einen der Polizisten am Arm. "Then suddenly a **whole** pack of wolves **appeared**. They made a circle round us – we were **surrounded**!"

"What on earth is he talking about?", flüstert einer der Polizisten. Er ist groß und kräftig und um die vierzig Jahre alt. Unter seiner Dienstmütze schauen kurze, blonde Haare hervor. Sein Kollege, etwas älter und mit einem kleinen Bauch, betrachtet Roy Hopkins mit alarmiertem Gesichtsausdruck.

Inzwischen ist Conan Miller endlich auf die Beine gekommen. Am ganzen Körper zitternd, wankt er auf die Polizisten zu. "The beasts **have disappeared** now. But

turned up ist aufgetaucht
whole ganzes
appeared ist erschienen
surrounded umringt
have disappeared sind verschwunden

they can't have gone far. The … the whole w… w… wood is f… full of wolves!"
Wie um seine Aussage zu unterstreichen, beginnt die Bulldogge laut und klagend zu jaulen. Geradezu leidenschaftlich stimmen die anderen Hunde mit ein.
Der blonde Polizist wirft seinem Kollegen einen entschlossenen Blick zu, nimmt Roy Hopkins sein Gewehr ab und hebt schnell die zweite Flinte vom Boden auf.
Sein Kollege geht zu Greg hinüber. "What have you got to say to all this?"
Stumm und hilflos breitet Greg die Arme aus.
Ich bin mir ziemlich sicher, dass er immer noch völlig durcheinander ist und beim besten Willen nicht weiß, was er sagen oder auch nur denken soll.
Doch für die Polizisten sieht es mit Sicherheit so aus, als käme er mit dem Unsinn, den die beiden Jäger gerade von sich gegeben haben, überhaupt nicht zurecht.
Dann sagt Greg aber doch etwas: "Conan Miller, Roy Hopkins and their dogs had hunted down a wolf. They were about to kill it, but Leonie and I tried to stop them. We know that wolves are protected by law, and that it's **strictly forbidden** to kill them!"
Bravo, Greg!, denke ich beeindruckt. Du hast es tatsächlich geschafft, die beiden als genau die Verbrecher hinzustellen, die sie wirklich sind. Und du hast mit keinem deiner Worte gelogen.
"I heard them **fire** some **shots**. One of them **punched** you, too, didn't he?", fragt der kleinere,

strictly streng
forbidden verboten
fire abfeuern
shots Schüsse
punched hat geschlagen

ältere Polizist. Er bleibt vor Greg stehen und mustert ihn besorgt. "I'm afraid that **cut needs stitches**. You'll have a **black eye**, too, I guess", meint er mitleidig, kramt eine Packung Taschentücher aus der Tasche seiner Dienstuniform und gibt sie meinem Freund.

Greg zuckt die Achseln, murmelt "Thanks", zieht ein Taschentuch heraus und drückt es auf die Wunde.

Der große, blonde Polizist hat Miller und Hopkins die ganze Zeit über im Blick behalten. "Conan Miller, you and your nephew – **I've known** you both since I was a teenager", erklärt er. "I've always known that you were **bullies**, but I didn't think you'd actually **break** the law."

Sein Kollege geht einen Schritt auf sie zu. "Pete's right. What's the matter with you? **Either** you've been taking **drugs**, **or** you've gone completely mad."

Die beiden tapferen Jäger stehen da wie vom Donner gerührt. Ein paar Sekunden lang sagen sie gar nichts, dann meint der alte Conan mit zitternder Stimme: "But … but everything we told you is true. You … you must believe us. We're telling the truth."

"No you're not, you're lying!", protestiert Greg, und damit hat er irgendwie ja auch recht. "And every word *I* said is true!"

"Greg's right!", bekräftige ich wahrheitsgemäß.

cut Schnittwunde
needs stitches muss genäht werden
black eye blaues Auge
have known kenne
bullies Rüpel
break brechen
drugs Drogen
either … or entweder … oder

Der blonde Polizist schüttelt den Kopf. "Conan, Roy: we**'re putting** you **under arrest**. Come on, call your dogs off! **The sooner** we get out of these woods and take you to **jail the better**. Or should we take you to the doctor first? Well, we'll see."

Sein Kollege fügt achselzuckend hinzu: "The best thing would be to do both at the same time."

Er wendet sich an uns. "You two must come with us too. Greg definitely needs to see the doctor, and then we'll take your **statements** at the **police station**."

are putting under arrest verhaften
jail Gefängnis
the sooner … the better je eher … desto besser
statements Aussagen
police station Polizeiwache

Time of Hope

Es ist schon nach 21 Uhr, als wir bei der Polizei endlich alles erledigt haben.
Ja, wir haben es tatsächlich geschafft, unsere Aussagen zu machen, ohne dabei zu lügen. Es sind nun mal unbestreitbare Tatsachen, dass die beiden Jäger die junge Wölfin töten wollten, und dass Greg und ich mit aller Kraft versucht haben, sie daran zu hindern.
Mehr brauchten wir gar nicht zu erzählen.
Natürlich haben die Polizisten unseren Eltern Bescheid gesagt, und natürlich waren die total geschockt und wollten uns so schnell wie möglich nach Hause holen. Aber wir haben es irgendwie geschafft, sie zu überreden, uns noch ein bisschen Zeit zu lassen.

hope Hoffnung

"Wir sind total durch den Wind", hab ich meinem Vater erklärt. "Bitte lass uns ein bisschen spazieren gehen, damit wir noch einmal über die Sache reden und uns wieder beruhigen können."
Das hat er kapiert. Wir konnten uns darauf einigen, dass er mich um zehn Uhr auf dem Kirchplatz abholt.
Jetzt sind wir unterwegs zu Danielles Eltern. Ihr Haus liegt ein ganzes Stück vom Polizeirevier entfernt, und so kommen wir tatsächlich zu unserem Spaziergang.
Eine Zeitlang spricht Greg kein Wort. Ich kann mir gut vorstellen, dass tausend Fragen und wirre Gedanken in seinem Kopf herumschwirren.

"Leonie", sagt er irgendwann leise. "So it's true – werewolves really do exist. And you knew."
Ich nicke. "I only found out about them a week ago. Last Wednesday they kidnapped me, because of *this*."
Ich bleibe unter einer Straßenlaterne stehen und zeige ihm das Blutmal an meinem Arm.

happens to look sieht zufällig aus
pawprint Pfotenabdruck
peaceful friedliche
creatures Geschöpfe
lost hat verloren
newborn neugeborene

"I now know that every werewolf carries a mark. My birthmark just **happens to look** like a wolf's **pawprint**", erkläre ich. "So the werewolves believed that I was one of them."
"Oh my God!", keucht Greg.
"Don't worry! I learned that werewolves are actually friendly, **peaceful creatures**", beruhige ich ihn.
"Are they really?", stößt er ungläubig hervor.
"Well, those I met definitely are", verbessere ich mich. "One of them **lost** his **newborn** daughter thirteen years ago, when some hunters killed his mate."
Greg schüttelt stumm den Kopf.
"A few weeks ago, he found out that his child was living here, in Woodhouse Village", fahre ich fort. "But he and his pack had no idea at all who the girl could be. Because of my birthmark, they thought it was me."
Er nickt.
"Since then, I've been trying to help them", erkläre ich weiter. "That's why I was asking all those questions."
Er nickt. "You were very clever. I honestly didn't think anything was strange. I thought that you were just curi-

ous and wanted to know as much as possible about your new **home town**."

"I'm glad to hear it", erwidere ich. "Unfortunately, the werewolves were on the wrong track, and so was I. We were all convinced that we had to look for a girl whose parents had moved to Woodhouse Village **after** she was born. If someone had adopted a child here, everyone would have known about it. None of us ever thought it could be someone who lived here, but moved away for a while and then came back with a child a few years later."

"Okay", sagt Greg. "So when you found out this afternoon that there was a grey streak in Danielle's hair, it all suddenly made sense: why Danielle was able to run so very fast, and why she was suddenly so nervous and aggressive … But of course you still didn't have that last piece of information – that her parents were living somewhere else when she was born."

"Right. When you told me that, everything suddenly **added up**."

Wieder schweigt Greg kurz. Dann murmelt er, leise und nur schwer verständlich: "So werewolves really do exist …" Und lauter fügt er hinzu: "I guess it'll be a while before I can really believe it."

"That's exactly how I **felt**", tröste ich ihn. "And now we have to try and explain all this to her parents. What on earth are we going to say?"

"They must be so worried about their daughter", murmelt er. "I wonder why they haven't called the police?"

home town Heimatstadt
after nachdem
added up hat einen Sinn ergeben
felt mich gefühlt habe

"Yes, I thought they would, too", stimme ich ihm zu. "I suppose they must think she's with us. Please be careful – they're going to be **shocked** when they see the **state** you're in."
Ich stupse ihn in die Seite. Mit dem großen Pflaster über seinem Auge und der allmählich anschwellenden Wange sieht er wirklich zum Fürchten aus.

shocked schockiert
state Zustand
funny lustig
fearless furchtlos
faced up to … mit … aufgenommen hast
how the hell wie zum Teufel
save aufsparen

"Very **funny**", knurrt er.
"Don't worry", beruhige ich ihn. "To me you're more good-looking than ever. You look as brave and **fearless** now as you did when you **faced up to** those men tonight."
Er antwortet mir nicht, aber ich kann erkennen, dass er lächelt.
Wir sind vor dem Haus der Riders angekommen.
"The lights are on", meint Greg. "So they haven't both gone out to look for Danielle. At least one of them must be at home."
Wir gehen die Treppe zur Veranda hinauf, dann stehen wir vor der Haustür. Als Greg auf die Klingel drückt, atme ich tief durch.
Sofort sind schnelle Schritte auf dem Flur zu hören.
"**How the hell** are we going to explain all this to them?", flüstere ich Greg zu.
"I've no idea", wispert er. "But I guess we can at least tell them that their daughter is safe and well. Maybe it's better to **save** the rest for tomorrow."

Drinnen dreht jemand den Haustürschlüssel um. Greg strafft die Schultern und richtet sich auf. Am liebsten würde ich mich hinter ihm verkriechen.
Die Türe öffnet sich einen Spalt, und Danielles Mutter schaut uns erstaunt an. Sie sieht furchtbar blass aus und hat ein verweintes Gesicht. Ihre Hände zittern.
Ihr Blick fällt zuerst auf mich, und zu meiner Verwunderung lächelt sie. Aber als sie Gregs geschwollenes Gesicht sieht, werden ihre Augen ganz groß.
"Hello, Mrs Rider, er … We've come to tell you that Danielle is safe and well, and that you don't need to worry about her any more", sagt er. Ich kann ihm deutlich anhören, wie aufgeregt er ist.
Danielles Mutter nickt. Mein Erstaunen wird noch größer, als sie sagt: "I know. Thank you for coming, though. And please come in."
Greg wirft mir einen verwirrten Blick zu. Aber er tut, worum sie ihn gebeten hat, und ich folge ihm. Mrs Rider nimmt uns die Jacken ab und führt uns ins Wohnzimmer.

visitors Besucher

Ihr Mann sitzt dort. Er ist ebenfalls bleich, ja er scheint in den letzten Stunden um Jahre gealtert zu sein. Sein Gesicht ist von tiefen Falten durchzogen.
"Please, sit down", fordert er uns auf.
"Do you know … Maybe you already know that …", beginne ich vorsichtig, doch dann traue ich mich nicht, weiterzusprechen.
Seine Frau setzt sich ebenfalls hin. "We've already had some **visitors** this evening. An older and a younger man.

Both of them **made a great impression on** us. The younger one … well, he had the same blond hair as Danielle … In fact, he looked very much like her. I noticed that as soon as I saw him, but I thought it was just a coincidence."

"I guess you're talking about her … er … her real father", stellt Greg fest und wirft Danielles Adoptivvater einen verlegenen Blick zu.

Mr Rider seufzt. "Well, the men told us the whole story." Beinahe hilflos zuckt er die Achseln, bevor er fortfährt. "Of course, we didn't believe them at first. We were about to call the police. But then, before our eyes …" Die Stimme versagt ihm, und so beendet seine Frau den Satz: "They changed **themselves** into wolves."

Mr Rider schüttelt den Kopf. "I can't believe it, even now."

"No, neither can I." Greg schüttelt den Kopf. Ein Schauder läuft durch seinen Körper.

"Poor boy", sagt Mrs Rider mitfühlend. Und ihr Mann fügt hinzu: "I've always known that Conan Miller and his nephew were **nasty pieces of work**. But I'd never have believed that they could do *this*. They nearly killed our daughter …"

Wieder muss ich an Mamas Lieblingsspruch denken: "Der Mensch ist dem Menschen ein Wolf." Wenn ich bedenke, was heute Abend passiert ist, hat sie vollkommen recht. Conan Miller und Roy Hopkins haben sich wirklich schlimmer benommen als jedes Raubtier.

made a great impression on haben sehr beeindruckt
themselves sich
nasty pieces of work üble Kerle

"Don't worry about me! A black eye's not so bad", beruhigt sie Greg. "It'll be gone in a few days. If Conan had shot Danielle, that would have been much **worse**."

"You **stopped** him doing it", sagt Mrs Rider. "Our visitors told us."

"Yes, he did", erkläre ich. Erst jetzt wird mir so richtig bewusst, wie unendlich stolz ich auf ihn bin.

"Thank you so much. You saved her life", sagt ihr Mann. Er sieht Greg an, und in seinen Augen steht Respekt.

"But … what will happen to Danielle now?", frage ich vorsichtig.

Ihre Mutter zuckt die Achseln. "We talked about that with the … with the men … that is, the … the werewolves. She'll probably go to Canada with them. There she'll be able to live with her own kind. And she'll be safe there. Maybe we can **visit** her." Bei den letzten Worten ist ihre Stimme immer leiser geworden, und jetzt beginnen ihr die Tränen über das Gesicht zu laufen.

"I think the … er … the werewolves are right, though", gibt ihr Mann zu bedenken. "Here she'd be completely alone with her … with her **special** character."

Ihre Mutter wischt sich mit einem Taschentuch über das Gesicht. "When we adopted Danielle all those years ago, **we realized** that we couldn't know what **weaknesses** or what talents she had, or what kind of person she would become. But we **decided** to love this child, whatever hap-

worse schlimmer
stopped hast abgehalten
visit besuchen
special besonderen
we realized es war uns klar
weaknesses Schwächen
decided haben uns entschieden

pened and whatever she was like. But it's so very hard for us to **accept** that our own dear child, the baby we **held** in our arms, the little girl who **grew up** in our house and who we love so much is a … a *werewolf*." Sie schüttelt den Kopf.

Ihr Mann nickt. "A few hours ago, we'd never have believed that these creatures existed. But one of them has been living under our roof with us for nearly thirteen years."

"She's still your daughter", sage ich vorsichtig.

"Of course she is", erklärt Mrs Rider. "But I've no idea how I'm going to **deal with this**."

Ihr werdet euch damit abfinden, denke ich. Ihr müsst einfach.

Und laut sage ich: "Danielle is still the same person. She'll always be my friend, that's for sure."

Ein beinahe verzweifeltes Lächeln huscht über Mrs Riders verweintes Gesicht. "You're a good girl, Leonie", sagt sie.

accept akzeptieren
held gehalten haben
grew up aufgewachsen ist
deal with this mich damit abfinden

Es ist viertel vor zehn, als Greg und ich das Haus der Riders verlassen und die Straße zum Kirchplatz hinaufspazieren.

Schweigend und mit hängendem Kopf trotte ich neben Greg her. Er hat die Hände in den Taschen seines schmutzigen Anoraks vergraben und schaut nachdenklich vor sich hin.

Vermutlich geht es ihm genauso wie mir: Jetzt erst beginnt unsere Anspannung sich zu lösen. Ich jedenfalls fühle mich wie gerädert.

"Don't worry too much about Danielle's parents", sagt Greg leise. "They're good, **kind**, open-minded people. Of course they're in shock at the moment, but that's only to be expected, isn't it? I'm sure they still love Danielle and that they'll accept her, when they've got used to the idea that she … well, that she is what she is."

kind gütige
get over überwinden
will miss werde vermissen

"I hope so", pflichte ich ihm bei. "It took me a few days to **get over** the shock and believe that I'd met real werewolves."

Plötzlich ertönt ein lang gezogenes Heulen. Es ist leise und kommt aus weiter Ferne, trotzdem bin ich mir fast sicher …

"Danielle!", sagt Greg.

"Maybe she wants us to know that she's all right", flüstere ich. Meine Stimme klingt brüchig. Ob ich es will oder nicht, die Tränen laufen mir über die Wangen.

Vorsichtig, beinahe schüchtern, greift Greg nach meiner Hand und drückt sie ein bisschen.

"**I'll miss** her so much", schluchze ich.

Greg drückt meine Hand noch einmal. "But that's normal. You're new in town, you found a new friend, and now she's moving away."

Statt zu antworten, krame ich in meiner Hosentasche nach einem Tempotuch und putze mir die Nase.

"But Cindy likes you, doesn't she? And she's a nice girl, too. She'll miss Danielle as much as you will, so she's sure to want to be your friend. And …" Schüchtern lächelt er mich an. "Well, you've still got me."
"Thank goodness, I've still got you!", seufze ich. Mit festerer Stimme fahre ich fort: "And you know what? I'm glad that I met the werewolves. The world is so much more **mysterious** and **fascinating** than any of us can ever know – I see that now, because of them. In fact, I'm beginning to see everything in a completely different light."

mysterious mysteriös
fascinating faszinierend

Greg nickt. "Maybe, in a few days, when I've had time to think about it all, I'll see things in a different light, too." Vorsichtig legt er mir den Arm um die Schultern, und ich drücke mich ganz fest an ihn.
So gehen wir gemeinsam durch die Dunkelheit.